神探夏洛克

SHERLOCK

[英] 阿瑟·柯南·道尔　[英] 马克·加蒂斯　著

何亚洁　译

③

陕西师范大学出版总社

图书代号：SK15N0227

This book is published to accompany the television series entitled *Sherlock*, first broadcast on BBC1 in 2011.
Sherlock is a Harstwood Films production for BBC Wales, co-produced with MASTERPIECE.
Excutive Producers: Beryl Vertue, Mark Gatiss and Steven Moffat
BBC Excutive Producer: Bethan Jones
MASTERPIECE Executive Producer: Rebecca Eaton
Series Producer: Sue Vertue
First published by BBC Books in 2011, an imprint of Ebury Publishing. A Random House Group Company
Introduction © Mark Gatiss
版权登记号：25-2015-003

图书在版编目（CIP）数据

神探夏洛克.3 /（英）柯南·道尔，（英）加蒂斯著；何亚洁译. —西安：陕西师范大学出版总社有限公司，2015.4
ISBN 978-7-5613-8070-3

Ⅰ. ①神… Ⅱ. ①柯… ②加… ③何… Ⅲ. ①侦探小说—英国—现代 Ⅳ. ① I561.45

中国版本图书馆 CIP 数据核字（2015）第 033698 号

神探夏洛克.3

SHENTAN XIALUOKE 3

[英] 阿瑟·柯南·道尔 [英] 马克·加蒂斯著　何亚洁 译

责任编辑	焦　凌	
责任校对	焦　凌	
特约编辑	陈　彻　庄馨丽	
出版发行	陕西师范大学出版总社	
	（西安市长安南路 199 号　邮编 710062）	
网　　址	http://www.snupg.com	
经　　销	新华书店	
印　　刷	山东临沂新华印刷物流集团有限责任公司	
开　　本	880mm×1180mm　1/32	
印　　张	7	
插　　页	1	
字　　数	125 千	
版　　次	2015 年 4 月第 1 版	
印　　次	2015 年 4 月第 1 次印刷	
书　　号	ISBN 978-7-5613-8070-3	
定　　价	26.00 元	

读者购书、书店添货或发现印装有问题，请与营销部联系、调换。
电　话：(029) 85307864　85303629　传　真：(029) 85303879

引 言

我放下手中陈旧的黑色石楠根烟斗，用一把折叠刀将尚未启封的信件钉在壁炉台上，然后安坐沉思起来。时值秋分时节，窗外狂风嘶吼，一位陌生人正在拼命地拽拉铃绳。我已准备好要去冒险了，那您呢？

能有机会为《神探夏洛克》撰写引言，我深感无比荣幸，也倍觉惊喜。首先，在我看来，这些故事无疑是福尔摩斯作品中最棒的，系柯南·道尔初期所作，并获得了极大的成功，从此，他的文学创作犹如汹涌波涛，一发而不可收。这些作品闪耀着思想的光芒，熠熠生辉，从中可以感受到他的匠心独运。

然而，这些故事让我觉得如此贴心，还有另一个原因：它们是福尔摩斯和华生的案子中我最初读到的那一部分。

我说不准第一次意识到文学作品中这种不朽的友谊是什么时候，但却清楚地记得，我是在七岁的时候将一幅福尔摩斯的画像（还贴上了"神探"的标签）钉在了教室的墙上。巴兹尔·雷斯伯恩和奈杰尔·布鲁斯扮演的杰出荧幕形象给我留下了难以磨灭的印象，并将永久地幻化为我对福尔摩斯的想象。孩提时代，我顾不上收拾自己那副土气巴拉的样子，反倒喜欢四处游荡，手中端着一只用黄色塑料管制成的曲颈"烟斗"，在里面装上可可果叶子（时值20世纪70年代）或是新割下的草叶，选用哪一种"烟叶"取决于我口袋里零用钱的多少。总以为只要摆出这副姿势，便可以从老爹大使馆三号牌香烟的烟灰长度中推理出点儿什么了。我记得自己也没得出什么高深的推论，就只弄清过一件事实——老爹一边看全国足球联赛，一边说些无关紧要的话，然后点了根烟。

然而，我实际上从未真正读过原创作品，直到一个命中注定的星期六。那天我所患的德国麻疹痊愈，得到了一份奖励：可以逛一次史密斯连锁书店，并随意挑选一本我喜欢的书。那里书目繁多，可供尽兴挑选，我用那亮晶晶的五十便士买了一本漂亮而厚实的《福尔摩斯历险记》，那是一本紫色的帕恩简装本，封面上印有西德尼·帕吉特的插画。这本书透露出一股令人激动的神秘感，维多利亚时代那虚无缥缈的诱惑力令我神驰已久而不能自已。首先看到的是引言部分。里面的内容现在也记不清多少了，只剩下那句感人的结语还刻在心中:"但愿我第一次读到的是这些故事。"记得自己那晚仰卧在床上,为这样精妙的见地感到兴奋不已。确实如此!

就是在这些书页里,我第一次得知哈瑟利大拇指的恐怖细节,也是第一次遇见声名狼藉的艾琳·艾德勒和盲目自夸的加倍次·威尔逊。也是在这些书页中,我发现了一个异乎寻常的入口,里面有一只老鼠,致伊莱亚斯·奥本肖死于非命的信件内容,伊莎·惠特尼和金条,一只圣诞肥鹅保守的秘密,还有斯托克·默林那黑暗恐怖的罗伊劳茨。我沉浸在这部传奇剧那骇人听闻而又美好无限的情景中,与当初看《血字谜案》时的入迷程度相比丝毫不减。我所希望的都可以在这本书里找到,当然还远不止这些。一对格格不入的男人间不言自明却又感人至深的友谊,是所有故事演绎的核心。其中的华生务实、正直、令人敬畏,而福尔摩斯却神秘飘忽、冷漠而又傲慢。"在夏洛克·福尔摩斯口中,她永远都被称为'那个女人'",自从读到这句话,我便深爱上了他们两个,立刻被浪漫温情的可能性所吸引,也为终将失去的暗示而感伤。在这些故事中,我们可以读到贝克街221号的细节和福尔摩斯那冷漠但却让人着迷的天赋的很多力证。

史蒂文·莫法特和我本人萌生改编这些故事的想法(或者说再次改编,因为雷斯伯恩和布鲁斯早已捷足先登啦),并不是说维多利亚后期的美好世界不再讨人喜爱，可以毫不夸张地说，我们是希望借此驱散迷雾，让人径直感受故事主人公不朽的友谊。在我们看来，只有福尔摩斯和华生能够俘获人心。我们想返回到精彩绝妙的原创作品中去，想找到起初招惹我们对它爱不释手的缘由。我很高兴这次编写取得了一些成功，对一些特定的情节做了戏剧化处理，而几乎没再涉及以前的改编本。在巴兹医院的初次相遇乃是命中注定，福尔摩斯鞭打尸体以检测死后瘀伤程度，华生时好时坏、百般折腾的战时枪伤，福尔摩斯对自己不感兴趣的事情显得无知到令人吃惊的地步——例如地球绕着太阳转这样的公理！贝克街孩子们的反应令我们既感动又欣喜，这一切始终都要归功于道尔。当一道道难题纷纷出现时，阿瑟爵士总能揭开谜底，予以化解。比福尔摩斯解谜更纯粹、更精彩的情节，怕是很难再找得出来了。

急切地读完这本书，我被一股愚蠢的欲望所击倒，想要读完所有的故事，于是赶紧跑出去买了一套《福尔摩斯全集》。这无疑就像史蒂文喜欢指出的那样，只有十足的呆子才会幻想着读完福尔摩斯所有的故事是件引以为豪的事情！至今，我还在懊悔没有从容淡定，没能很好地精品细读这些故事。那个已极为破旧的版本，我依然保留着。不管是它每一页泛黄的纸张，还是其中的故事都蕴藏着无限乐趣，读来令人激动不已。那本书毕竟是我第一次读到的有关福尔摩斯的作品，也仍然是我的最爱。

最后，也想借用很久以前的帕恩简装本的引言来结尾，但愿我是第一次读到这些故事。如果您以前从未翻阅过这些神圣的书页，还没有陷入这个鸦片窟般的世界中，还没有与邪恶的继父、血染的宝石和复仇的秘密社团打过照面，那您可真让我嫉妒。确实让我很嫉妒。

阅读福尔摩斯的故事是不可或缺的宝贵经历，人生的第一次机会，希望您能够好好把握。

马克·加蒂斯

（英国著名编剧，《神探夏洛克》主创）

SHERLOCK | 目 录

波西米亚丑闻　　　　　　　　　1

红发军团之谜　　　　　　　　　33

身份之谜　　　　　　　　　　　65

工程师拇指历险记　　　　　　　89

贵族男爵历险记　　　　　　　　117

绿宝石皇冠历险记　　　　　　　147

铜山毛榉案　　　　　　　　　　179

SHERLOCK

1

在夏洛克·福尔摩斯口中,她永远都被称为"那个女人"。我很少听他对她冠以其他名讳。他认为,那个女人的光辉足以令其他女性黯然失色,是当之无愧的女王。而这绝不是因为他对艾琳·艾德勒产生了任何与爱情相关的感情。因为,冷漠、理性、处变不惊的他似乎与爱情格格不入。在我看来,他是这世上最精于分析观察的人体机器,但作为爱人,他明显没搞清楚自己的处境。

他从不会温柔地说出自己的情感,总是通过嘲弄轻视将情感埋藏心底。虽然感觉对于一个观察家来说是极为珍贵的品质,可以帮助他从人们的行为动机中得到线索,但是对一个专业分析家而言,一旦其精明细致的性情中掺杂了情感,那么他理性分析的结果将不可避免地受到影响,而变得不甚客观。然而,只有那个女人——艾琳·艾德勒,似乎是留在了福尔摩斯的记忆里。

最近，我很少见到福尔摩斯。结了婚以后，我就不再和他住一起了。我刚刚找到一种安身立命的感觉，正全心全意享受着婚姻的幸福、家庭的快乐，而福尔摩斯——依然放荡不羁，愤世嫉俗，他还是住在贝克街，一个人乐此不疲地抱着一堆旧书，时而斗志昂扬，时而靠着可卡因维持精神，整个人就这样徘徊于毒品带来的浑浑噩噩与他自己固有的精力充沛之间。犯罪学依旧深深地吸引着他，所以，他将自己出色的才华和超常的洞察力全部用于追寻线索，解答连真正的警察都无法解决的谜团。然而，和每天看报的读者一样，除了这些关于他的事迹的报道，我对他——我之前的朋友与伙伴，也知之甚少。

1888年3月20日晚上，我出诊回家时——我现在已经是一名普通的医生了，路过贝克街。走到那扇门前，我不禁想起昔日的快乐时光，也想起"血字谜案"那个悲惨案件。这时，我突然产生了一种与福尔摩斯再相见的欲望，我迫切地想知道他在用他那超凡的能力做些什么。房间的灯还亮着，抬起头，我还能看见他那高高瘦瘦的影子在百叶窗前踱来踱去。他低着头，倒背着手，在房间里来回走着，走得很急，还带着一种渴望。看看他的表现和态度，再加上我对他的了解——我了解他的每一种情绪和生活习惯，我可以肯定，他又有活儿干了。他已经从毒品产生的幻觉中清醒了，现在正急切地感受着新问题的味道。我按了门铃，又来到了那个曾经有一部分是属于我的房间。

他并没有太激动，毕竟他很少激动，但我觉得他看到我还是挺开心的。他温和地看着我，没说一句话，然后招手示意我坐下，把他的雪茄扔给我,对我说墙脚有火和酒。而后,他站在火炉旁边,若有所思地打量着我。

"婚姻生活很适合你嘛,华生,我觉得你得比我上次见你的时候胖了八斤吧。"他说道。

"才胖了七斤!"

"好吧,比我想的轻一点儿,不过就只轻了一点点而已。华生,你又去出诊了吧。你之前可没说过你打算行医啊!"

"那你又是怎么知道的?"

"我是根据观察推断出来的,比如,我怎么知道你最近总是会把衣服弄湿,而且你还有一个手脚不麻利、粗心大意的小女仆呢?"

"福尔摩斯,你够了!这要是在几百年前,你肯定会被烧死的!的确,我星期四步行去了趟乡下,到家以后浑身上下狼狈不堪,但是我已经换过衣服了呀,真不知道你是怎么推断出来的。还有,玛丽·简确实是粗心大意,我太太也已经提醒过她了,只是我同样也不知道你是怎么知道这一点的。"

他咯咯地笑着,紧张地揉搓着两只大手。

"这很简单啊,"他说,"我看见你左脚上鞋子内侧被火光照亮的地方有六处几乎平行的划痕。明显是你为了蹭掉鞋底周围的泥土不小心造成的,所以我断定你出门那天天气不好,而且你那伦敦籍女佣是个典型的靴子杀手。至于出诊嘛,你看,一个年轻人带着一股碘仿味儿进到我房间,右手食指上还带着硝酸银留下的黑印儿,大礼帽右边微微凸起,明显是因为那里藏了个听诊器,要是这样我都不能判断出来他是个医生,那我未免也太笨了!"

听了他的分析,我不禁笑出声来。"刚刚听你分析的时候,感觉事情很简单,好像我自己也完全可以分析出来,但直到你解释完整个推理过程,我的困惑才迎刃而解。不过,我还是觉得我的眼力绝对不比你的差。"

"的确如此啊。"他点了一支雪茄,坐下说道,"你只是看到了,却没有观察到。这就是区别。比如,你经常看到从大厅通到这里的台阶吧?"

"是啊,经常看到。"

"那到底是看了几回?"

"嗯,大概不下几百次吧。"

"那一共有多少台阶呢?"

"多少?我不知道。"

"这不就是了!虽然你看到了,你却没有注意观察,我就是这个意思。而我却知道那里一共有十七级阶梯,因为我不仅看到了表象,也仔细地观察过了。还有你既然对这些小问题这么感兴趣,又记录过我之前的一两点儿经历,你可能会喜欢这个。"他从桌上拿起一张厚厚的粉色便笺纸扔给我。"有人将这个寄给了我,"他说,"读出来。"

便笺上没有写明日期,也没有写地址和签名。

便签上写道:"今天晚上七点四十五分将会有位绅士来访,他要向您咨询一件至关重要的事情。您近日为帮助欧洲皇室所做的事情表明您是我们可以信任并托付一些极为重要的案件的人。我们也是多方打听才了解到关于您的这些信息。届时，请务必在家等候，此外，如果您的客人戴了面具，请不要惊讶。"

"的确很神秘，你觉得这意味着什么？"

"我还没有证据。没有证据就妄下结论可是大忌，人们一般都是凭感觉歪曲事实来迎合理论，而不是从事实中得出理论。但你能从这张便签上推断出些什么来吗？"

我仔细地研究了一下这张便笺纸和它上面的内容。

然后我努力模仿我朋友的推理过程，说道："这便签的作者肯定比较富裕，因为这张便签质地厚重，十分珍贵，一般人肯定买不到。"

"确切来说是有特色，"福尔摩斯说，"这根本就不是英国纸。把它放在灯下看看就知道了。"

我照办了，发现这张纸上竟然有一些字母水印——"Eg""P""Gt"。

"你觉得这是什么意思？"

"肯定是这张纸的制造人姓名，要不就是他的名字缩写。"

"不是的。'Gt'代指'Gesellschaft'，在德语里的意思是'公司'，这是一种惯用缩写，和英语里的'Co'类似。'P'当然是指'Papier'①。至于'Eg'，我们先来看一下《各大洲地名大全》，"他说着从书架

---

① 德语中意为"纸"。

上拿了一本棕色书皮的大厚书。"Eglow，Eglonitz……找到了，就是'Egria'，位于波西米亚，母语是德语，离卡尔斯巴德①不远。'华伦斯坦②就是在那里去世的，此外，它还以其众多的玻璃加工厂以及造纸厂著称。'哈！你觉得这又能说明什么呀？"他两眼放光，颇有成就感地吐了一个大大的烟圈儿。

"你是说，这张纸产于波西米亚。"

"不错。而且写这个便条的是个德国人。你注意到这个句子的句法结构了吗？'我们也是多方打听才了解到关于您的这些信息。'法国人或者俄国人都不可能犯这种错误。这肯定是一个不注意动词用法的德国人写的。所以，我们现在就只需要看看这位用波西米亚纸写便签而且要戴着面具露面的德国人到底想干吗。哎，他来了！要是我没猜错的话，我们的疑问就要有答案了。"

他刚说完，我们就听到有马车往这边来了，响起了刺耳的马蹄声和车轮的摩擦声，接着就有人按响了门铃。福尔摩斯高兴地吹了一下口哨。

"听声音是两匹马拉的车。"他往窗外瞅了一眼接着说，"嗯，一辆精致的马车，两匹漂亮的小马。每匹得值一百五十几尼③。华生，要是没有别的什么的话，这案子有的是钱。"

---

① Carlsbad，捷克共和国的一座城市。
② 阿尔伯莱希特·华伦斯坦（Albrecht Wallenstein,1583—1634年），是一名德国化了的捷克贵族，天主教徒，"三十年战争"中神圣罗马帝国的军事统帅。
③ Guine，一几尼等于二十一先令，最初是用几内亚的黄金铸造的，因此得名。

"福尔摩斯,我看我还是先走了吧。"

"完全没必要,我的医生。坐在那里就好。要是没有好友陪同,我也发挥不好。况且,这个案子肯定会很有意思,错过岂不是太可惜了嘛。"

"可是,你的客人他——"

"别管他。我可能会需要你的帮助,他也是。他来了,你就坐回去吧,一会儿注意仔细观察我们。"

有人迈着缓慢而沉重的脚步上了楼梯,穿过走廊来到我们门前,紧接着就是他用力的敲门声。

"进来!"福尔摩斯应道。

进来的是一个男人,身高不低于197厘米,四肢有力,肌肉发达,活脱脱一个大力士。他着装华丽,对英国人来说,他那色彩有些过于鲜艳,只有品位不好的人才会那么穿。他身着双排扣大衣,厚厚的羔皮衣带斜着垂到胸前和袖子周围。肩上披着一件镶着红边的深蓝色披风,一个镶着绿宝石的胸针将其固定在脖子处。脚下是一双高到小腿的长靴,靴子顶端缝着亮棕色毛皮,他身上所有的装扮都加深了别人认为他极为富有的印象。他手上拿着一顶大檐礼帽,脸上戴着一具遮住了他上半边脸的巫师面具。他进来时手还放在面具上,分明是刚刚调整过面具的位置。从下半边脸可以看出他的性格坚毅,厚嘴唇和长下巴都在暗示着他是一个十分顽固的人。

"您收到我的便签了吧?"他声音沙哑,带着一股浓浓的德语口音。"我说了,我会来访。"他看着我们两个,两眼时而看着我,时而看着夏洛克,仿佛不知道该对谁说话。

"请坐,"福尔摩斯说,"这是我的好友兼同事,华生医生,他经常会好心地过来帮我破案。请问您怎么称呼?"

"您可以叫我冯·卡拉姆伯爵,我是波西米亚贵族。我知道,您的这位朋友是位谦谦君子,判断力很强,我也许可以放心地将这件关系重大的事情托付给他。但若是不能,我情愿和您单独交流。"

我站起来正准备要离开,福尔摩斯拉住了我,又把我按回了椅子上。"您要么对我们俩说,要么就干脆别说,"福尔摩斯说,"你想对我说的任何事情都可以让他也知道。"

伯爵无奈地耸了耸他宽大的肩膀,说:"那我就必须先声明,你们两个在接下来的两年里都不可泄露这件事情,两年后,这就不是很重要了,但是现在,我可以毫不夸张地说,这件事可能会影响到整个欧洲历史。"

"我向您保证,我绝不会泄露。"福尔摩斯说。

"我也是。"

我们的来客接着又说:"我必须戴着面具,请二位理解。派我来的人不希望你们知道我的真实身份,同时我需要告诉二位,我之前报的爵位姓名都是假的。"

"我已经知道了。"福尔摩斯生硬地说道。

"这些情况极为敏感,我必须小心谨慎,以防事件扩大成巨大丑闻,进而危及一个欧洲皇室。简单地说,这件事牵涉到奥姆斯坦因皇族——波西米亚的王室继承人。"

"那个我也早就知道了。"福尔摩斯小声嘀咕着,闭上眼睛坐回自己的椅子。

看着福尔摩斯这副倦怠、懒洋洋的样子,和之前被称为欧洲最具活力与洞察力的侦探判若两人,我们的客人感到十分惊讶。福尔摩斯睁开眼睛,不耐烦地看着这位高大的客人。

"要知道,陛下您若是可以讲出案子的详情,我才可以更好地帮助您。"

那人嗖的一下从椅子上跳起来,焦虑不安地在房间里踱来踱去。而后,他绝望地扯下面具,将其扔在地上。"你说得没错,"他大声说,"我就是国王。我为什么要掩饰呢?"

"是啊,您为什么要掩饰呢?"福尔摩斯小声嘟哝着,"陛下刚进来还没来得及说话的时候,我就已经意识到您是威廉·西吉斯蒙德·冯·奥姆斯坦因,卡斯尔-费尔施泰因大公,波西米亚的世袭国王了。"

这位奇怪的国王坐了回去,手捂着他宽宽的额头,接着又说:"但是您要理解,您知道我不善于亲自做这种事情。但是这件事真的是极为敏感,我不能将其放心地托付给任何政府工作人员,而不受其牵制。我隐姓埋名,从布拉格一路赶来向您求助。"

"那么,就请吧。"福尔摩斯说着,又合上了眼睛。

"事情是这样的:大约五年前,我在华沙待过一段时间,在那里我结识了艾琳·艾德勒——著名的女冒险家。我相信您对这个名字并不陌生。"

"医生,请到我的资料库里查一下她的相关信息。"福尔摩斯闭着眼睛小声对我说。多年来,他已经养成了一个习惯,那就是收集有关各种人、物的资料,所以,要找到他不能立刻提供信息的人或事物是非常不容易的。不一会儿,我就在一篇希伯来法师传记和一篇关于一个曾经写过深海鱼群的将军的传记中间找到了她的传记。

"拿来我看看!"福尔摩斯说,"嗯,1858年出生于新泽西。哦,是个女低音歌唱家!还去过斯卡拉歌剧院!后来还是华沙帝国歌剧院的主唱,啊,这就对了!后来从歌剧舞台退休后,居住在伦敦,就是这样,没错!陛下,我要是没猜错的话,您年轻的时候和这女士有过感情瓜葛,给她写过一些不太儒雅的信,现在是想把那些信要回来是吗?"

"正是。但是,我要怎样——"

"之前你们秘密结过婚?"

"没有。"

"有过各种法律文书或者证件?"

"没有。"

"那我就不明白了,陛下。要是这位女士打算用这些信件敲诈您,她要怎样证实这些信是真的呢?"

"那是我的字迹。"

"那可行不通,字迹可以伪造。"

"用的是我的私人信纸。"

"信纸可以是偷来的。"

"上面盖着我的章。"

"可以是仿制的啊。"

"里面有我的照片。"

"可以是她买来的。"

"照片是我们的合照。"

"哎呀!这就不好了!那陛下您的确是有些太不小心了。"

"我当时很冲动,没有理智。"

"您可是把自己给害苦了啊。"

"那时,我还是皇储,还年轻。我今年也不过才三十岁。"

"那张照片必须拿回来。"

"我们试过了,但是没有得手。"

"陛下必须花点银子,我们得把它买回来。"

"她不肯卖。"

"那就去偷回来。"

"我们都已经试过五回了。两次是我花钱雇人洗劫了她的房子,一次是在她外出的时候抢了她的行李,还有两次是将她拦在路上向她索要——都失败了。"

"都没发现点儿蛛丝马迹?"

"一点儿也没有。"

福尔摩斯不禁笑了,他说:"这还真是个漂亮的小麻烦呢。"

"对我来说,这可是个大威胁啊。"国王先生责备似的回答。

"是挺严重的,那她打算拿这张照片做什么?"

"毁了我。"

"她要怎么做?"

"我就要结婚了。"

"嗯,我听说了。"

"我妻子是斯堪的纳维亚国王的二女儿,克洛蒂尔·洛斯曼·冯·萨克斯-蒙尼根。您可能也知道她们家的规矩非常严格,而她本人又是个心思细腻的人。所以,一旦她对我的品行有了一丝怀疑,我们之间可能就没戏了。"

"那艾琳·艾德勒要做什么?"

"她威胁我说要把照片寄到女方家,而且据我所知,她真的会那么做的。您不知道,她是个钢铁般坚毅的女子。有着女人的如花美貌,也有着男人的坚定意志。只要我打算娶别人,她便会无所不用其极。"

"您确定她还没有把照片寄出去?"

"对,我敢肯定。"

"为什么?"

"因为她说她会在我们公开宣布订婚的那天将照片寄出去。也就是下周一。"

"哦,所以我们还有三天时间,"福尔摩斯打了个哈欠,"这样的话就还好,我现在就可以去查一些比较重要的线索了。陛下暂时会住在伦敦吧?"

"当然。你只要去朗庭酒店找冯·卡拉姆伯爵就可以找到我了。"

"到时候,我会告诉您我们的调查进度的。"

"拜托了!我非常渴望知道。"

"那我们的经费?"

"您可以使用我的白金卡。"

"真的吗?"

"听着,我甚至愿意用我国家中的一个省来换那张照片。"

"那我们目前的花销?"

国王从他的斗篷下拿出了一个鼓鼓的麂皮钱包,放在桌上,说:"这里是三百英镑金币,还有七百英镑纸币。"

福尔摩斯从他的笔记本上撕下一张纸给他写了份收据,然后问他:"那位女士的地址是?"

"圣约翰林区塞本太大街布里奥尼小屋。"

福尔摩斯记下来之后又说:"还有一个问题。那张照片是张私密照吗?"

"对,是的。"

"那我们今天就到这儿吧,晚安,陛下。我相信我们很快就会给您带来好消息的。华生,你也晚安。"国王的马车走了以后,福尔摩斯又对我说,"你要是明天下午三点钟能过来的话就太好了,到时候我会和你好好谈一谈这件事。"

2

下午三点钟,我准时到了贝克街,可是福尔摩斯还没回家。房东太太告诉我,他早上八点刚过就出门了。而我现在正坐在火炉旁边,心里想的是要等他回来,不管要等多久。我已经对他进行的调查产生了兴趣,尽管这个案子不像我之前记录的那两桩那么残暴诡异,却也因其当事人那尊贵的地位及案子本身的性质而独具特色。的确,除了他正在进行的调查,我的朋友还有一些其他的特质——他有着敏锐的洞察力和分析能力,而且总是能掌握局势——这些就足以使我十分乐意研究他的工作方式,探究他如何快速巧妙地破解一个又一个未解之谜。他之前从未失过手,我也仿佛已经习惯了他的成功,以至于,我从来都不会有他也许会失败的想法。

接近四点钟的时候,门开了,走进来一个一幅醉相的马夫,他步履蹒跚,仪容不整,面色发白,衣着破旧。尽管我知道我朋友的易容术极为高超,却也得看个三四遍来确认来者确实是他。他对我点了下头,就走进卧室了,五分钟后,他就已经恢复到之前体面的穿着。他把手抄进口袋,两条腿伸到炉火前,开心地笑了几分钟。

"哎呀,真是的!"他大声说。然后又接着笑了起来,最后笑得都坐不直腰了。

"到底怎么了?"

"太好笑了。你肯定猜不出来我这一上午都干吗去了,或者我最后都干了些啥。"

"我确实想象不出来,不过,我觉得你应该是去观察艾琳·艾德勒小姐的生活起居,或者去观察她家的地形了吧。"

"是的,不过后来的事情有些非同寻常。但是,我都会告诉你的。今天早上八点刚过,我就化装成一个失业的马夫出门了。你也知道,马夫之间大都惺惺相惜,互相同情,所以只要成了其中一员,你就可以得到他们知道的所有信息。我很快就找到了布里奥尼小屋,那是个小巧美观的别墅,两层楼,后面有个花园,只不过它是建在外面,和前面的路连在了一起。门锁是丘伯保险锁。右边是大客厅,装饰豪华,窗子基本上都是落地的,而窗栓却是简单得连三岁小孩儿都会开。窗户里面倒是没什么可说的,不过有一点,马厩的房顶可以直接通向那扇窗。我在房子周围转了转,仔细从各个角度观察过了,但是没发现什么重要的线索。

"后来我便在街上闲逛,发现小巷子里靠着花园一面墙果然有一个马厩。我帮那些马夫清理了一下他们的马匹,他们给了我两便士、一杯水酒和两包卷烟,还告诉了我好多关于艾琳·艾德勒的信息。而且他们还给我介绍了他们的街坊邻居,就算我对他们一点儿也不感兴趣,却也不得不听。"

"那关于艾琳·艾德勒,你都打听到了什么?"我问。

"哦,她拒绝了那一带所有的男人。她是这天底下最骄傲的女人,塞本太街上的马夫们都这么说。她一个人过着平静的生活,按时去教堂唱歌,每天五点钟乘车出门,七点钟准时回家吃晚饭,如果不去教堂唱歌,她一般很少出去。只有一个男人会过去看她,而且去得还很频繁。那男人长相英俊,肤色偏暗,总是一副来去匆匆的样子。一天去看她一回都算少的,基本上都是一天去两回。他叫戈弗雷·诺顿,就职于内殿法律学院。看出来有个马夫朋友的好处了吧。他们把诺顿一次次地从塞本太马厩送回家,对他可是非常了解。我打听到我想要的消息以后,又一次步行去了布里奥尼小屋,好好计划了一下我接下来的调查。

"这个戈弗雷明显是个关键人物。他是个律师,听起来就不是什么好兆头。他和艾琳到底是什么关系,这么来回折腾又是为了什么呢?她到底是他的当事人、朋友还是情妇?如果是第一种情况的话,那她可能已经把照片交由他保管了。不过她要是他的情妇的话,就不太可能这么做了。这个问题决定了我是该继续把工作重心放在布里奥尼小屋,还是那年轻人在法律学院的住所。这问题倒不失微妙,同时也扩大了我的调查范围。你可能会觉得这些细节很无聊,但你要真想了解案情的话,我得让你看到我遇到的那些麻烦。"

"我一直都跟着你的思路走呢。"我告诉他。

"我正在权衡这件事的时候,一辆精巧的马车驶过来了,车上走下来一位绅士。那人长得真是一表人才,肤色发暗,鹰钩鼻,络腮胡,分明就是我打听到的那个男人。他看起来很着急,大声招呼车夫在这儿等着,擦着开门的女仆就走进去了,那架势分明就是把那里当自己家了。

"他在屋里待了得有半个小时,我透过窗户能看见他在房间里边走边说,还不时挥着胳膊,着实兴奋。不过我看不到艾琳小姐。不一会儿,他就出来了,看起来比进去时还着急。他跳上马车,从口袋里拿出一块金表,仔细地看了一下时间,吩咐车夫'能走多快走多快,先去雷金特街的格罗斯和汉奇的店,再去艾治威尔路的圣莫妮卡大教堂。你要是二十分钟内赶到的话,我给你半个几尼。'

"然后他们就走了,正当我在想要不要追上去的时候,巷子里驶来一辆整洁的四轮小马车,车上的马夫打着领带,大衣上的扣子只扣了一半,缰绳都悬在带扣外面。它还没停稳,我们的女主角就从门厅里冲出来,跳了上去。我只是瞥到了一眼,但她真的很美,那容貌足以让男人醉生梦死。

"'约翰,去圣莫妮卡教堂,'她大声说,'二十分钟内到,我给你半英镑金币。'

"华生,这真是太精彩了,根本不容错过。就在我考虑是跑着追过去,还是扒在她马车上跟过去的时候,一辆马车从对面过来了。马夫迟疑地打量着我那一身寒酸相,不过他还没来得及拒载,我就跳上车了。'去圣莫妮卡教堂,'我说,'二十分钟内到,我就给你半英镑金币。'当时是十一点三十五分,我在风中把他们说的话听得真真切切的。

"马夫把车赶得飞快,我觉得我从来没坐过那么快的马车,但是我们到得还是比那两位晚。我赶到时,那两辆马车和它们大汗淋漓的马匹已经停在门外了。我付过钱,就直接冲进了教堂。教堂里除了我追的那两位和一个白袍牧师之外就没别人了,那个牧师好像是在告诫他们俩。他们三个围着圣坛站了一圈,我就和那些来教堂无所事事的人一样,在教堂边上的走廊里闲逛。突然,他们三个都回头看着我,搞得我大吃一惊。这时,戈弗雷·诺顿快速朝我跑来。

"'好吧,你也行吧。'他吼道,'快来,快点儿!'

"'怎么回事?'我问他。

"'快来,兄弟,就三分钟,要不我们这就是非法的了。'

"他半拖半拽地把我拉到祭坛旁,我还没弄清楚状况就模模糊糊地说出了有人在我耳边低声说的话。也就是说,我在毫不知情的情况下,为一件我完全不了解的事做了证人。没错,我做了艾琳·艾德勒女士和戈弗雷·诺顿先生的证婚人。一切都发生得太突然了,紧接着,我左边的绅士和右边的小姐就一直在感谢我,连前面站着的那个牧师都对着我微笑了好久呢。这是我有生以来做得最荒谬的一件事儿,我刚才一想起来就忍不住那样大笑。好像是他们怕结婚证不够正式,而那个牧师在没有见证人的情况下又不肯为他们证婚,可多亏了我,新郎官才不至于被迫冲到街上拉个证人。新娘子给了我一英镑金币,不过我想把它挂在表链上,以示纪念。"

"真是太出乎预料了,那后来呢?"

"后来我意识到我的计划可能要失败。他们夫妻俩可能马上就要离开了,我有必要尽快行动起来。但是,到了教堂门口,他们却分别了,一个回了法律学院,另一个直接回家了。分开前她好像对他说了一些话,不过我就听到一句'我今天还是五点钟出门'。他们走了以后,我也离开教堂去安排接下来的工作了。"

"那你接下来打算怎么做?"

"先吃点冻牛肉,喝杯啤酒,"他说着按响了吃饭铃,"我今天一直都太忙了,还没顾得上吃顿饭,不过今天晚上我可能也会挺忙的。还有,医生,我可能需要你的配合。"

"非常乐意。"

"你不怕违反法律?"

"那有什么!"

"也不怕被警察逮起来?"

"只要犯罪理由足够刺激。"

"这个理由可是相当诱人!"

"那我今天就跟定你了。"

"我就知道,你还是非常可靠的。"

"不过你想我怎么帮你啊?"

"等特纳太太把饭菜端进来之后,我再给你细说。现在——"他一边说着一边狼吞虎咽地吃着房东太太拿来的那些简单的饭菜,"我必须得在吃饭的时候把事情说清楚,因为我们剩的时间不多了。现在就快五点了,艾琳小姐,或者说艾琳女士会在七点钟回到家。我们必须在那个时候赶到布里奥尼小屋去会会她。"

"接下来呢?"

"接下来的事情就看我的吧。我都已经安排好了。对你我只强调一点:不论发生什么,你都绝对不能干涉。明白吗?"

"你就让我在那儿看着?"

"你就静观其变。因为情况可能还有点不太愉快。你千万别牵扯进来。等我被'请'进去后,一切就太平了。我进去四五分钟以后,客厅窗户会打开,你就站在那扇窗户附近。"

"好的。"

"然后,你要看着我,我会故意让你看到我的。"

"没问题。"

"然后我一抬手,你就把我交给你的东西丢进来,同时大喊'着火了'。你都记住了?"

"嗯,都记下了。"

"这一点儿都不难,"他说着从口袋里掏出一根雪茄状的长卷,"这个是管道工平常用的烟火筒,两头都有一个小盖子,打开其中一个,它就会自燃。你的任务就是这个。当你大喊着火的时候,一定会有很多人过来。这时,你就可以顺着这条街一直走,十分钟以后我就会来和你会合了。我的意思,你都明白了?"

"我开始什么也不做,就站在窗子附近观察你,一看到信号就把东西扔进去,同时喊大家过来救火,最后在街角等你会合。"

"一点不错。"

"那你就放一百个心吧。"

"这就太好了。我想,现在差不多是时候为接下来要扮演的新角色准备一下了。"

他走进卧室,几分钟后,就化装成一个头脑简单、面相和蔼的新教牧师走出来了。大黑帽、宽裤子、白绶带再加上他那善解人意的微笑和那副慈悲为怀、善良可亲的神态,估计也就约翰·哈尔能和他媲美了。福尔摩斯不仅仅是衣着变了,他的神情、行为举止,甚至他的灵魂都和原来的不一样了。在他成为犯罪学专家的那一刻,演艺界损失了一名演技高明的演员,科学界也损失了一位洞察力敏锐的分析家。

我们六点一刻从贝克街出发,走到塞本太大街的时候离七点还差十分钟。现在已经是黄昏了,路灯才刚刚亮起来,我们在布里奥尼小屋前面晃来晃去,等待着它主人的归来。这房子和我根据福尔摩斯的描述想象出来的样子简直一模一样,只不过,这个地方没我想的那么僻静。相反,在这么一个安静的居民区里,这条街算是热闹的。一群衣着寒酸的男人在街角抽着烟,还不时放声大笑;一个磨剪刀的小贩把他的车停在这里等着客人前来;两个保安正和一个小护士调情;还有几个衣着体面的年轻人叼着雪茄,在街上闲逛。

我们在房子前面走来走去的时候,福尔摩斯对我说:"你看,他们一结婚,事情就变得简单了好多。现在这张照片成了一把双刃剑。她不愿意让诺顿看到,我们的当事人也不愿他的王妃知道。目前的问题是:我们在哪儿才能找到那张照片。"

"是啊,在哪儿才能找到呢?"

"基本上,她不可能随身携带。因为照片有相框,太大了,不容易藏在女人的衣服里。而且,她也知道国王可以在路上把她拦下搜身。这种事儿都已经发生过两回了。所以,我们可以认为:她没有把它带在身上。"

"那她会藏在哪儿呢?"

"她也有两种选择,寄存在银行或者交给她的律师保管,不过我觉得都不太可能。女人天生喜欢掩盖秘密,她们往往靠自己保守自己的秘密。所以,她没有理由把照片托付给别人。她自信自己能保管好它,也不知道要是把它交给商人会造成怎样的间接影响和政治动荡。另外,她这几天就打算把照片寄出去了,所以照片一定就在她随时能拿到的地方——她家。"

"但是,她的房子都已经被搜过两回了。"

"噗,拜托!那些人压根儿不知道该怎么找东西。"

"那你打算怎么找?"

"我不用找。"

"怎么会？"

"我会让她告诉我。"

"她不一定会答应啊。"

"她没法不答应。我听到有车轮声了，应该是她的马车到了。记住照着我说的去做。"

他还没说完，我们就看到马车的侧灯照亮了街角。

不一会儿，一辆精巧的小马车就来到了布里奥尼小屋门口。

马车刚停下来，一个乞丐就从路口冲过来，想着为她开门，顺便得点儿赏钱，但却被另外一个也想这么干的乞丐挤到一边儿去了。

于是，他俩开始了激烈的争吵，过了一会儿，那两个保安也过来了，他们帮着其中一个流浪汉对付另一个，但那个磨剪子的也来了，他帮的是另外一个流浪汉，两方吵得不可开交，谁也不肯让步。

接着，他们就打了起来，有用拳头的，有用棍子的，打得相当惨烈，就在这时，我们的女主角从马车上走了下来，瞬间变成了这片混乱的中心。于是，福尔摩斯冲进人群想上演一回英雄救美，但他刚走到她身边就大叫一声倒下了，脸上还流着血。他一倒下，那两个保安就开溜了，接着，那俩乞丐也朝另一个方向跑了。而那些衣冠整洁的路人，一开始只是在旁边看着，没打算蹚这趟浑水，但现在却挤进去帮这位小姐照顾那个受伤的人。艾琳·艾德勒——我还是这么称呼她吧，快速走上台阶，但她只是站在台阶上，回头看着大街上发生的一切，在门厅灯光的照射下，她的身姿更显妖娆。

"这个可怜人伤得重不重啊?"她问道。

人群中有几个人大叫:"呀!他死了。"

又有人说:"没呢,没呢,还有呼吸!不过,他可能还没到医院就没命了。"

一个女人说:"他可真勇敢,要不是他,这姑娘的钱包就被人抢走了,那群人真是帮强盗,还是帮没人性的强盗。呀,他又可以呼吸了。"

"他可不能躺在大街上,姑娘,我们可以把他抬进去吗?"

"当然可以。把他放在客厅里吧,那里的沙发很舒服。这边请。"

就这样,人们小心翼翼、郑重其事地把他抬了进去,放在那个大房子里。我站的位置正好可以通过窗户看到这个过程。屋里已经点起了灯,但是百叶窗还开着,所以我可以看到躺在沙发上的福尔摩斯。如此美丽的姑娘此时正在悉心地照顾他,而我们却在算计她,想到这里我真是百感交集,不知道这一刻福尔摩斯会不会为自己的作为感到后悔,反正我是从来没这么惭愧过。但如果我现在退出,无疑会害苦了福尔摩斯,辜负了他的信任。我咬咬牙,把烟火筒从大衣里掏了出来。心里想着,毕竟,我们没想要害她,只不过是不想她去害人而已。

我看到福尔摩斯靠在沙发上,做出一副想要呼吸点儿新鲜空气的样子。于是,一个女仆冲过去打开了窗子,就在这时,他抬起了手,我便将烟火筒投进房间,大喊"着火啦!"。这话刚一出口,就有一大群人过来围观——衣衫破旧的,穿着体面的,绅士、马夫还有女仆——大家纷纷大叫着"着火啦!"浓浓的烟雾笼罩了客厅,还扩散到了窗外。然后,我看见一堆人慌慌张张地冲了进去,过了一会儿,又听见福尔摩斯告诉大家,没有着火。我悄悄地穿过人群,朝路口跑去,十分钟以后,发现我的朋友已经赶过来了。于是,我们就一起离开了那个是非之地。他一句话也没说,拉着我飞快地走了几分钟,一直走到一条通向艾治威尔路的小路。

这时,他才跟我说话:"干得真不错,简直就是完美,没出一点儿纰漏。"

"你拿到照片了?"

"我知道它藏在哪儿了。"

"你是怎么知道的?"

"我不是告诉你了,她告诉我的。"

"我还是不明白。"

"好吧,我就不卖关子了,"他笑着说,"事情很简单,当然你也看出来了,今晚街上的人都参与了这事儿,他们都是我特意请来的。"

"我猜到了八九分。"

"他们吵架的时候,我在手上抹了点儿液体红颜料,接着我就冲进去,倒下,手放在脸上,给大家来了个苦肉计。这也算是老把戏了。"

"这个我也想到了。"

"后来,他们把我抬进去,她又不能拒绝。不然,她还能怎样呢?客厅和卧室是我的怀疑对象,进入客厅后我就想弄清楚照片到底藏在哪个房间,等他们把我放在沙发上以后,我示意他们我想呼吸点新鲜空气,于是他们只能去打开窗户,这时候,你就有机可乘了。"

"那又有什么用呢?"

"这都很重要,当一个女人发现自己的房子着火时,她立刻会本能地跑向自己最珍贵的东西。她们控制不了这种冲动,我也不止一次地利用过这点了。在达灵顿顶替丑闻还有昂司华思城堡这两件案子里,我就用过。通常已婚女人会带自己的孩子,未婚女人拿的则是珠宝盒。

"现在,我算是搞清楚了,对于我们今天碰到的这位夫人来说,屋子里最贵重的东西恰巧也就是我们想找的东西。她当时恨不得冲过去把它拿出来,火警警报这招真是不错。冒出的烟和人们的呼叫声足以动摇她钢铁般的意志。她完全乱了方寸。照片就藏在右边的拉铃带上方一个被滑动板盖着的壁洞里。她在那儿站了一会儿,我看到她都已经把照片抽出来一半了,在我大喊这不是真的着火时,她又把照片放了回去,看了一眼地上的烟火筒,然后就出去了。后来我就再也没见到她。于是,我就站起来,找了几个借口逃了出来。我当时也犹豫着要不要把照片带回来,但是那个车夫进来了,一直盯着我看,所以还是不拿的好。毕竟,小不忍则乱大谋啊。"

"那现在呢?"

"我们的搜寻任务就算是结束了,我明天会和国王一起过来,你要是想和我们一起过来的话,就过来吧。明天我们会被请进客厅,等着那位女士过来招待我们,不过等她进来的时候,我们和那张照片可能都已经不在了。陛下可能会更高兴亲手拿回那张照片。"

"那你们什么时候去？"

"早上八点。那时候她还没起床，那样我们也不用担心有人看见。但是，我们一定要快，因为这场婚姻可能完全改变了她的生活习惯。我现在就得去通知陛下，一刻也耽误不得了。"

我们走到贝克街家门口停了下来。正当他从口袋里掏钥匙时，一个人走过来说：

"晚上好，福尔摩斯先生。"

到了这个点儿，人行道上的人已经不多了，但是这句话分明是刚刚走过去那个身穿大衣、身材瘦弱的年轻人说的。

"我之前听过这个声音，"福尔摩斯盯着昏暗的街道说，"现在我就想知道，那人到底是谁。"

3

那天晚上，我没有回家，第二天一早，我们还在吃着面包、喝着咖啡的时候，波西米亚国王就赶过来了。

"你真的拿到了呀！"他兴奋地抓着夏洛克的肩膀，迫不及待地想知道答案。

"还没。"

"但你有线索了，不是吗？"

"我的确是有线索了。"

"那我们就走吧,我已经等不及了。"

"我们得雇辆马车。"

"不用,我的马夫就在下面。"

"那就好办了。"于是,我们下楼,再次前往布里奥尼小屋。

"艾琳·艾德勒结婚了。"福尔摩斯对国王说。

"她结婚了?!什么时候的事儿?"

"昨天。"

"新郎是谁?"

"诺顿,是个律师,英国人。"

"可是她不爱他啊。"

"我倒希望她爱他。"

"为什么?"

"因为,这样的话,陛下日后就不会有这种困扰了。要是那位女士爱着她的丈夫,她就不会爱您了,也就没有理由干涉陛下的婚事了。"

"话是这么说,可是,这也太……真希望她拥有和我同等的地位!她一定会是个非常优秀的王后。"他看起来有些失落,一直到我们到达塞本太大街,他都没有再说一句话。

布里奥尼小屋的门开了,里面走出来一位年长的女人。她不以为然地瞅着我们下了马车。

"我想您就是大名鼎鼎的福尔摩斯先生吧?"她说。

"对,我就是。"我的朋友惊讶地打量着她。

"这就是了!我家主人说过您今天可能会来。她今天早上五点一刻就和先生一起搭上从查令十字到欧洲的火车离开了。"

"你说什么!"夏洛克大吃一惊,十分懊恼,脸色发白,跌跌撞撞地往后退了几步。"你是说,她离开了英国?"

"而且再也不会回来了。"

"那她的那些文件呢?"国王绝望地问,"一切都完了。"

"未必。"他推开仆人,冲进客厅,我和国王也跟了进去。房间里的家具摆得乱七八糟,有的搁板都被弄掉了,有些抽屉也没关,就像女主人临行前把这里洗劫了一样。福尔摩斯大步走到拉铃带前,拿开滑动板,伸手从里面拿出了一张照片,还有一封信。照片上只有穿着晚礼服的艾琳·艾德勒,信封上写着"致夏洛克·福尔摩斯,到时亲启。"我的朋友把信封撕开,然后三个人一起看了那封信。信上落款的时间是昨天午夜,内容是这样的:

亲爱的夏洛克·福尔摩斯先生:

你做得很好,我彻底输了。一直到火警,我都没看出一丝破绽。但是,当我意识到我出卖了自己时我就开始从头考虑这件事了。几个月前,就有人提醒我要防着你。那人告诉我说,只要国王打算请人帮忙,他一定会去找你,而且也给了我你的地址。但即便是这样,你也成功地让我露出了马脚。不过即使在我开始怀疑你以后,我也不愿相信那个热心和蔼的牧师竟然是个魔鬼。但是，你也要知道，我本身是个专业演员。女扮男装我也不是没干过，而且我也从中得了不少好处。当时，我让马夫约翰过去盯着你，然后上楼换好行头，你一离开，我就下来了。

后来，我跟踪你们到你家门口，这才确认自己是大名鼎鼎的福尔摩斯感兴趣的猎物。接着，我无礼地和你道了晚安，就去法律学院找我丈夫了。

得知对手是你，我们一致认为，走为上策。因此，你明天过来的时候，这里已经是人去楼空了。至于那张照片，你的委托人完全没必要担心。我现在和一个比他好上千倍的人相爱了。陛下要做什么，我都不会妨碍他的，尽管他曾经背叛过我。我留着它只为自保，以后他要是想伤害我，我至少还可以用这张照片牵制他。我留下了一张照片，他也许会想留作纪念。

此致

艾琳·诺顿·艾德勒

我们三个看完信后，波西米亚国王大声说道："真是个了不起的女人，噢，太了不起了！我就说，她动作极快，行事果断。她要是拥有和我同等的地位，肯定可以做一个令人敬畏的王后！她没生在皇家真是太可惜了！"

"就我目前对这位女士的了解,我觉得您和她确实不是一个水平的人,"福尔摩斯冷冷地回答,"很抱歉没能把陛下的事办得更圆满。"

"不,恰恰相反,这样的结局是再好不过了,她从不食言。现在这张照片非常安全,就跟被火烧了没什么两样。"

"陛下能这么说,我非常欣慰。"

"太感谢您了!告诉我,我要怎么感谢您。这枚戒指——"他从手指上取下一枚蛇形宝石戒指,放在掌心。

"陛下,我有更想要的东西。"

"只要您说得出,只要我有。"

"这张照片!"

国王吃惊地看着他。

"您是说艾琳的照片!您要是想要的话,当然可以。"

"多谢。那这件事就到此为止了。祝您早上愉快。"他鞠了个躬,都没看一眼国王朝他伸过来的手,就和我一起回家去了。

好了,以上就是关于这个几乎影响到波西米亚王国的丑闻的全部内容,这一次,夏洛克·福尔摩斯先生那完美的计划被一个女人打败了。他以前总是嘲笑女人的智慧,不过最近我很少听到他那么说了。而且,无论什么时候提到艾琳·艾德勒,或者她的照片,他都将其称作"那个女人"。

SHERLOCK

故事发生在去年秋天。那天,我去看望老朋友夏洛克·福尔摩斯时,发现他正在和一位年长的绅士聊天,那人一头红发,脸色红润,体格壮硕。我为我的冒昧打扰道歉后正打算离开,福尔摩斯突然站起来把我拉回了房间,然后就把门关上了。

"华生,你来得真是巧。"他友好地说。

"你好像正在忙。"

"是的,我的确在忙。"

"那我在隔壁等你一会儿好了。"

"完全没有必要。威尔逊先生,这位是我的朋友兼助手,他帮我解决过很多案子,我相信,在您这件案子里,他同样可以帮到我。"

这个体格健壮的人从椅子上站起来,向我打了个招呼,然后用他那厚眼皮下的小眼睛快速地扫了我一眼。

"坐吧。"福尔摩斯对我说着又坐回了自己的椅子,两手十指相触,又摆出了以往思考判断时的手势。他又接着说道:"华生,我知道你也喜欢离奇怪异、悖于常规的生活。从你那份非比寻常的热情里我就看得出来你对这些十分感兴趣。另外，你要是不介意我这么说的话，从某种程度上说，你也为我的工作增加了许多乐趣。"

"我对你的那些案子的确非常感兴趣。"

"你应该记得在我们谈论玛丽·萨瑟兰娜小姐提出的那个极为简单的问题之前，我就说过，要搞清楚那些离奇的结果和非凡的复杂局面，我们必须从生活本身出发，这比任何假想与猜测都需要更多的勇气。"

"对此我极度怀疑。"

"是啊，医生。只不过你每次都会同意我的观点，因为，如若不然，我会一直把事实摆在你眼前，直到你的观点彻底瓦解、承认我是对的为止。今天早上，加倍次·威尔逊先生过来找我，他现在告诉我的事情是我在这段时间里听说过的最不可思议的。我也说过，最荒诞、最独特的案子里一般都不存在什么严重犯罪，但是，在某些情形下，我们也确实需要怀疑重大犯罪发生的可能性。

"就我目前了解的情况来看，我的确不知道这个案子是不是与犯罪有关，但这件事情的经过绝对是我听过的最离奇的案子之一。威尔逊先生，可不可以请你把刚才所说的事情重复一遍，我之所以让你这么做，不仅是因为我的朋友华生没有听到故事的开头，还因为这个案子本身就非比寻常，以至于我想从你的叙述中捕捉到每个细节。我听到这个案子里一些细微的线索时，就会联想到许多与此类似的案件，多年来，这已经成了我的思维规律。这一次，我不得不承认，我真的没遇到过类似情况。"

只见这个身材矮胖的客人挺起胸膛，神情里流露出些许得意，接着又从大衣口袋里扯出一张又皱又脏的报纸。他将报纸铺在膝盖上，伸长脑袋看报纸上的广告专栏，这时，我仔细将他打量了一番，而且还尽量照着我朋友的方式去发现他衣着和表情里可能暴露出的线索。

然而，这次我却没有什么收获。今天来的人身材肥胖、妄自尊大、动作迟钝，怎么看也只是个普普通通的伦敦商人。他穿了一条松松垮垮的灰色牧羊人格子裤，一件还算干净的黑大衣，大衣的扣子敞开着，里面还套了件土褐色的小马甲，马甲上吊着一条厚重的铜表链和一个带着方孔的金属吊坠。另外，他旁边的椅子上还挂着一顶变形了的高顶礼帽和一件褪了色的棕色绒领厚外套。可是就算这些加起来，我也看不出他有什么特别的，除了他那红得发亮的脑袋、极度懊恼的神情和对自己身材的不满。

夏洛克·福尔摩斯那双敏锐的眼睛很快就发现了我的意图，看到我质疑的目光，他微笑着摇了摇头说："我只能推断出他干过一段时间体力活，抽鼻烟，是个共济会[①]会员，曾经去过中国，而且最近一段时间写了不少东西。不过这些都只是非常明显的事实而已。"

加倍次·威尔逊先生调高了自己的椅子，食指放在报纸上，眼睛

[①] Freemasonry，最早出现于18世纪的英国。共济会是一种准宗教的兄弟会，基本宗旨为倡导博爱和慈善，追求个人美德与完善社会。分规、曲尺和书本组成的象征符号是共济会最基本的代表性纹章。

直勾勾地盯着我的朋友。

"天哪，福尔摩斯先生，你是怎么知道这些事情的？比方说，你怎么知道我以前做过体力活？这真是对极了，我就是靠木匠起的家。"

"这个，看你的手就行了。你的右手明显要比左手大，而且肌肉也比较发达，说明你用它干过活。"

"那你又是怎么知道鼻烟还有共济会会员的事儿呢？"

"我要是告诉你这个，恐怕要侮辱了你的智商，尤其是对你这样一个思维严谨的人来说。不过，你别了分规曲尺的胸针。"

"啊，是啊，我把这个给忘了。但是你说我最近写了很多字又是怎么推理出来的？"

"你右边袖子的前半截足足有 5 英寸都被磨得锃亮，而左边的袖子到臂肘都还是平滑如初，这还不能说明问题吗？"

"那你说我去过中国，又怎么解释？"

"你右手手腕上的鱼形文身只能在中国纹，我以前研究过文身标记，也写过一些相关的东西。这种把鱼鳞染成淡粉色的手法算是中国的特色。还有，你表链上挂的中国硬币就更能说明这一点了。"

威尔逊先生大笑道："好吧，我算是长见识了！刚开始我还觉得你只是投机取巧，不过，看你分析得头头是道，我的确是错怪你了。"

"华生，现在想想，我把一切都解释清楚好像是个错误。正所谓'未知的东西总是华丽的'，我要是再这么直白，我那点儿名声估计不久以后就彻底消失了。你是找不到那则广告了吗,威尔逊先生?"

"不,我找到了。"说着,他把圆滚滚的红手指放在广告栏的中间部分,"就是这个,这就是一切开始的地方。你自己看吧。"

我接过报纸,读到:

> 致红发军团:由于原住在美国宾夕法尼亚州的已故黎巴嫩人埃塞克·霍普金斯的遗赠,现有偿招聘一名职员。工作内容:纯粹是名义上的服务。招聘要求:身体健康、年满二十一岁的红发男子均可报名。时间:周一上午十一点。地点:弗利特街教皇区7号军团办公室邓肯·罗斯处。

这则不同寻常的广告,我仔细读了两遍都还没明白,于是便脱口问道:"这到底是什么意思?"

福尔摩斯在椅子上笑作一团,这也是他精神很好的一种表现。接着,他就说:"有点儿不合常规了,是吧?现在,威尔逊先生,请你再原原本本地给我们讲一下关于你自己和你的家人,还有这则广告给你的命运带来的影响吧。医生,你先记一下这张报纸的刊名和日期。"

"好的。1890年4月27日的《纪事晨报》。"

"很好,现在,威尔逊先生可以开始了。"

加倍次·威尔逊擦了擦额头,说道:"嗯,就像我之前对您说的那样,我在伦敦市附近的科堡广场经营着一家小当铺。生意不是很大,近几年来只能让我勉强糊口。以前我能雇得起两个伙计，但现在只能雇一个了，而且我本打算给他找份待遇更好的活儿。不过，由于他自己想学着做这个生意，所以就是工资减半，他也不愿意离开。"

"这个热心肠的小伙计叫什么名字？"福尔摩斯问他。

"他叫艾森特·斯波尔丁，今年也不小了。但是具体的年纪，我也不知道。福尔摩斯先生，我不期望能有一个比他更聪明的伙计了，我知道以他的能力，绝对可以挣到比现在多一倍的钱。但是，毕竟他自己都没有对此感到不满，我又何必让他有这种想法呢？"

"就是啊，何必呢？你貌似挺幸运的，找了一个低于市场价的伙计。这个年代，这种事儿可不多见了。不知道你这位伙计是不是和你带来的广告一样可圈可点呢？"

"唉，他也不是什么都好。"威尔逊继续说，"再也没有比他更喜欢摄影的人了。他总是在该学习经验的时候带着他的相机悄悄溜走，然后就像兔子钻洞似的一头扎进地下室去研究他的照片去了。不过，总而言之，他还算是个好伙计，除了这点毛病之外，也没有什么别的缺点了。"

"我想，他应该还在你的店里吧？"

"是的，先生，除了他之外，还有一个十四岁的小姑娘，那个小姑娘负责做些简单的饭菜和打扫店面，因为我是一个鳏夫，从未有过家庭，所以店里只有我们三个人。我们过着平静的生活，就这样安安分分地过着日子，老老实实地偿还债务，这就是我们生活的全部了。

"改变这一切的就是那则广告。就在八个星期前的今天,斯波尔丁拿着这张报纸来到我的办公室,说:'威尔逊先生,我对天发誓,我真希望我是个红发军。'

"'为什么啊?'我问他。

"'为什么?红发军团又在招人了,不论是谁得了这个职位,都会小赚一笔,我知道他们军团里职位比成员还多,所以他们的信托人绞尽脑汁也想不出来该怎么处理这些钱。如果我的头发能变成红色的,我就能加入这个好组织了。'

"'为什么,这个组织是干什么的?'我又问他。福尔摩斯先生,你知道的,我是个不喜欢出门的人,再加上我的生意都是主顾送上门来,也不需要我跑出去招揽,所以我通常连着好几个星期都不走出房门一步。因此,我对外面发生的事情几乎一无所知,不过我还是很乐意知道一些外界的新闻。

"他睁大眼睛问我:'您从没听说过红发军团吗?'

"我说:'没有。'

"'怎么会,您自己就有权利应征这个职位。'

"'这个职位的工资是怎么算的?'

"'哦,一年只有几百英镑,但是工作很轻松,而且不会和其他工作冲突。'

"想必你们也能猜到这一定会吸引我的注意力,毕竟我的生意已经有好几年都不见起色了,这额外的几百英镑也确实能帮我们撑一阵

子。于是，我说：'跟我说说关于这个军团的情况。'

"'好的，'他说着把报纸递给了我，'您自己看吧，红发军团有个职位在招人，这里是应征的详细地址。就我所知，军团创建人是美国的一位百万富翁埃塞克·霍普金斯，他是个怪老头儿，有一头红色的头发，而且极度同情所有红头发的人，所以他在临终时，嘱咐他的信托人用他留下的财产为所有红头发的人提供方便。我听说，团里的工作都很轻松，而且工资丰厚。'

"'但是，应该会有很多红头发的人来申请这份工作。'

"'没您想象的那么多'，他回答说，'您看只有伦敦成年人才有资格申请，这位美国人年轻时是在伦敦发家的，他想为这个小城做点儿贡献。再者说，只有头发是闪闪发亮的火红色的人申请才有效，其余的什么浅红色或者深红色都不可以。现在，要是您想申请的话，就只需要走进他们的办公室，不过就为了这几百英镑，好像不值得您出去一趟。'

"相信你们也看到了，我的头发的确非常稠密，而且颜色又符合要求，所以我觉得就算这个职位还有别的竞争者，我也是有几分机会的。而艾森特·斯波尔丁又这么了解这个组织，所以我觉得他可能会对我有帮助，所以我让他把百叶窗拉上一天，陪我一起去。他也很乐意能有个小假期，于是我们就歇业一天，朝着广告里的地址出发了。

"我完全没想到会有那么多人前来，凡是头发有点儿红的人都从东南西北各个方向赶来伦敦应征。弗利特街满是红头发的人，而教皇区看起来就像是水果贩的橙子桶。我一开始没想到,这则广告会招来这么多人。那些人的头发真是什么颜色都有——稻草色、柠檬色、橙色、砖红色、爱尔兰猎犬毛色、猪肝色还有黏土色,但正如斯波尔丁所说的那样,拥有火红色头发的人还真没多少。当时看到有这么多人在等,我就想放弃不去了,但是斯波尔丁不听我的,也不知道他是怎么做到的,他竟然推推嚷嚷地就把我从人群中带到了直通办公室的台阶上。台阶上有两列人,一列站的是满怀希望进去面试的,另一列是面试完被拒绝的,我们尽可能往前挤,不一会儿就进了办公室。"

说到这里,威尔逊停了下来,嗅了一大口鼻烟,继续回忆,这时,福尔摩斯说道:"你的经历真是有趣,请继续陈述这个有意思的事情吧。"

"办公室里只有两把木椅子和一张谈判桌,桌子后面坐着一个头发比我更红的小个子男人。他对走进去的应聘者说上几句话,然后又总是能挑出他们的缺点来拒绝他们。看来想要得到这个职位也并非易事。然而,等我们进去的时候,那个人却表现得异常友好,他把门关上,这样他就可以和我们单独说几句话了。

"我家伙计介绍道:'这是加倍次·威尔逊先生,他想填补团里这个职位的空缺。'

"'嗯,他是绝佳人选,'小个子回答说,'他满足了所有要求,我好久都没见过这么好的发色了。'他后退一步,歪着头盯着我的头发,不一会儿,我就有些不好意思了。然后,他走上前,握着我的手,祝贺我成功拿到了这个职位。

"'我要是再犹豫的话,对你可就不公平了,'他说,'但是,请原谅我接下来要做的检查。'他说着就开始用双手使劲扯我的头发,直到我痛得叫出声来,他才松开,'你都流眼泪了,我现在相信你的头发是真的了,但是我们必须仔细检查,毕竟我们都上过两次当了,一次是假发,一次是染发。我可以给你讲一箩筐关于补鞋匠鞋油的故事,那肯定会让你觉得人心险恶。'于是,他走向窗户,大声喊道,'这个职位已经有合适的人选了。'下面传来了失望的抱怨声,人们四散而去,最后这里红头发的人就只剩下我和那个经理两个了。

"'我是邓肯·罗斯,是我们高尚的慈善家的受益人之一。你结婚了吗,威尔逊先生?你有家人吗?'

"我回答没有。

"他瞬间就拉下了脸,悲伤地说:'天哪,这还了得!很遗憾听你这么说,这个基金旨在增加红头发人口数量,并为他们提供生活补贴。所以,真是太不幸了,你竟然还是单身。'

"听到这里,我也拉长了脸,福尔摩斯先生,因为我当时觉得我不能填补那个空缺了,但是他想了一会儿,又说那也没关系。

"'如果不是你,我们肯定会拒绝的,但是对于一个头发像你这么红的人,我们必须破例一回了。你什么时候可以入职?'

"'嗯,这个有点儿难办,因为我目前还做着生意。'

"艾森特·斯波尔丁说:'这个您不用担心,我会帮您的。'

"'那工作时间呢?'我问他。

"'上午十点到下午两点。'

"福尔摩斯先生,你也知道,当铺一般是在晚上做生意,尤其是发工资前的星期四和星期五晚上,所以我正好可以趁着上午没生意的时候挣点儿外快。再说了,我觉得我家伙计是个不错的人,有什么情况他应该能应付得来。

"所以我告诉他:'那很好,工资怎么算呢?'

"'每周四英镑金币。'

"'具体工作是什么?'

"'只是些名义上的活儿而已。'

"'只是名义上的活儿是什么意思?'

"'嗯,就是在工作期间,你必须一直待在办公室里,或者至少必须待在办公楼里。你要是离开一会儿,就永远不再拥有这个职位了。遗嘱里明文规定了这一点。你在工作期间一旦离开办公室就不再是符合条件的人选。'

"'一天才待四个小时,我想我是不会想离开的。'

"邓肯·罗斯接着说:'不管发生什么事,不管有什么理由,你都不可以离开,包括生病,或是生意上的事儿,抑或是其他状况。你必须一直待在这里,否则就拿不到薪酬了。'

"'具体工作呢?'

"'抄写《大英百科全书》,这里有已出版的第一卷。墨水、笔

以及吸墨纸自备,我们只提供桌椅。你明天能来上班吗?'

"'当然。'

"'那就这样,加倍次·威尔逊先生,再次祝贺你得到这个职位。'他向我鞠了一躬,于是我就带着我的伙计回家了,也不知道该说什么、做什么才好,就是觉得自己太幸运了。

"后来,我一整天都在琢磨这件事儿。到了晚上,我又高兴不起来了,因为我从心底认为这肯定是个骗局,但是它的目的是什么,我还不得而知。我完全不能相信,有人会立这么个遗嘱,会付这么高的工资请人抄写《大英百科全书》。艾森特·斯波尔丁试着让我打起精神,但是,睡觉前我又不能相信这整件事情了。然而,第二天早上,我决定无论如何都要过去看一看,所以我买了一小瓶墨水、一支羽毛笔和七张大页纸,就向教皇区出发了。

"我发现,一切都再正常不过了,这真是让我感到既意外又高兴。桌子已经为我准备好了,邓肯·罗斯先生也已经在那里了,他把我安排妥当,就离开了。但他会时不时回来看看我这里是不是一切正常。到下午两点,他向我道过午安,赞赏了我今天的工作量,就让我离开了,然后他会自己锁上办公室的门。

"就这样过了好几天,到了星期六,经理走进来给了我四英镑金币作为这个星期的酬劳。下个星期,下下个星期依旧如此。我每天早上十点钟到,下午两点离开。渐渐地,邓肯·罗斯一上午可能就只进来一次,再后来就一次也不来了。当然,我自己也不敢离开,因为我不知道他什么时候会进来，再加上报酬也不错，工作也很合适，我不想冒这个险。

"八个星期就这样过去了，我已经抄完了以'A'开头的所有卷，而且希望通过我的勤奋可以提前开始抄写'B'开头的书卷。那时，光买纸就已经花了我不少钱，我抄写的东西几乎可以塞满整个书架了。但突然，我这个营生就到头儿了。"

"到头儿了？"

"不错。就在今天上午，我照例十点钟走到那里，却发现办公室的门锁着，门板上还用大头钉钉着一张卡片，就是这个，你看。"

他举起一张便笺纸大小的小卡片，卡片上写着：

红发军团
现已
解散
1890 年 10 月 9 日

夏洛克·福尔摩斯和我细细打量着这张卡片，以及卡片后那张悲伤的脸，直到这件事儿的滑稽之处超过了事件的其他因素，我们才禁不住大笑起来。

"我不知道这件事情哪里好笑了，"我们的红发客人羞红了脸，大叫道，"要是你们除了嘲笑我之外，就没什么别的本事了，我可以去找别人。"

"不,不,"福尔摩斯一边说着,一边把已经站起来半个身子的客人又按回椅子上,"我是绝对不会错过你这个案子的,因为它非比寻常。但是,你要是不介意我这么说的话,这件案子的确有些滑稽。告诉我们,你见到这张卡片以后都做了些什么。"

"我迟疑了一下,完全不知道自己该做些什么。然后,我去周围的几个办公室问了一下,但里面没有人知道这件事儿。最后,我去找了住在一楼的房东,他是个会计。接着,我问他是不是知道红发军团的事情。他却告诉我自己从没听说过这么一个组织。我又问他邓肯·罗斯是什么人,他说从没听说过那个名字。

"'好吧,'我说,'就是4号房里的那位绅士。'

"'什么,你是说那个红头发的男人?'

"'是的。'

"'哦,他叫威廉·莫里斯,是个律师。他临时租用了我的房子,因为他的事务所还没就绪。他昨天就搬走了。'

"'我在哪里可以找到他?'

"'哦,在他的新办公室。'他还真告诉了我那个叫威廉·莫里斯的新地址,是爱德华国王街17号,离圣保罗教堂不远。

"于是,我就赶去那里。但是,当我走到的时候,却发现那里只是一个假膝盖骨加工厂。而且,那边也没有人听说过威廉·莫里斯或是邓肯·罗斯。"

"后来呢,你又做了什么?"福尔摩斯问他。

"后来我就回家去了,之后我听取了我家伙计的建议。只是他也没什么法子可以帮到我,他只是说,如果我耐心等待的话,可能会收到相关信件。但是,这没有消除我的疑惑,我不想就这样平白无故地失去一个赚钱的门路。再后来,我听说福尔摩斯先生你最擅长给穷人出主意了,所以我就马上过来找你了。"

"你做得很对,"福尔摩斯对他说,"这个案子实在是不寻常,我很乐意把它调查清楚。从你的陈述来看,这件事情背后可能还隐藏着更为残酷的真相。"

"已经够残酷的了!"加倍次·威尔逊说道,"为什么要让我失去每周四英镑金币的收入啊?"

"就算你被牵扯进来了,我也没看出来你对这个不寻常的组织有什么不满,"福尔摩斯接着说,"相反,我认为,你不仅赚了三十几英镑金币,还学到了字母'A'下面词条的相关知识。你并没有损失什么。"

"不错。但是我想知道这是怎么一回事儿,想知道他们是什么人,以及上演这个骗局——如果真是骗局的话——戏弄我的目的何在。他们开这个玩笑的代价也太大了,要付给我整整三十二英镑金币呢。"

"我们会尽力帮你查清楚这些问题的。但是,首先,我还有一两个问题,威尔逊先生。当初告诉你这则广告的那个伙计在你店里待了多久了?"

"到发生这件事的时候差不多一个月吧。"

"他是怎么找到你店里那份工作的?"

"他是看到招聘广告之后来应聘的。"

"他是唯一的应聘者吗?"

"不是,来了十几个呢。"

"那你当时为什么选择他?"

"因为他比较勤快,要求的工资也不高。"

"也就是,工资减半也愿意留下。"

"是的。"

"这个艾森特·斯波尔丁,他外形如何?"

"个头矮小,体型微胖,动作敏捷,脸上没有胡子,年龄应该在三十多岁。额头上好像还有被酸溅过的印记。"

福尔摩斯在椅子上坐直了身子,看起来他是兴奋极了,他说:"和我想得差不多,你有没有注意到他打过耳洞。"

"注意到了。他告诉我,那是他小时候一个吉普赛人给打的。"

"嗯!"福尔摩斯又一次陷入沉思,"他还在你店里?"

"哦,是的,先生,我店里现在只剩下他了。"

"那你不在的时候,他有没有在帮你照看生意呢?"

"这一点真不能怪他,上午真是没什么生意可做。"

"也行吧,威尔逊先生。一两天后,我应该就可以给你答复了。今天是礼拜六,我希望下个礼拜一之前,我们就可以得出结论。"

等这位访客离开以后,福尔摩斯问我:"好了,华生,你觉得这是怎么一回事儿啊?"

"我完全不知道啊,"我老实告诉他,"真是件神秘的案子。"

"照规矩,看似怪异的事情其实并没有那么神秘。这是常识,没什么特色的案子才会疑点重重,就像平凡的面孔才不容易识别。但是我必须谨慎处理这件事。"

"那你要怎么做呢?"我问他。

"先抽会儿烟,"他说,"这也不过就是三管烟的事儿,接下来的五十分钟,你都不要跟我讲话。"他在椅子上蜷缩成一团,膝盖紧贴着鹰钩鼻,就那样闭着眼睛坐在那里,手里还拿着黑色黏土烟斗,活像拿了一种奇怪的小鸟。我认为他已经睡着了,便也坐着打起了盹儿,这时他突然从椅子上站了起来,把烟斗放在壁炉架上,看样子像是打定主意了。

"萨拉萨特①今天中午在圣詹姆斯大厅演奏,"他说,"怎么样,华生?有没有耐心陪我几个小时?"

"我今天没什么事儿。我的工作从来都不是太忙。"

"那戴上帽子,咱们这就出发吧。不过,我要先在城里转转,然后在路上吃个午饭。另外,我注意到,演出时会演奏好几曲德国音乐,这比意大利或者法国风格的音乐更对我胃口。德国音乐发人深省,恰

---

① 萨拉萨特(1844—1908年),西班牙小提琴家、作曲家。

巧我要自我反省一下。来，我们走吧！"

我们坐地铁一路来到艾德门，又步行一小段路，来到科堡广场——今天早上听到的那个怪异故事的发生地。那地方又小又窄又寒酸，一点儿生气也没有，四排破旧的两层砖瓦房整齐地排列着，对面是一个用栏杆围起来的小院子，院子里长着些杂草，还零星地点缀着几簇灌木，它们正和此地那乌烟瘴气、死气沉沉的环境艰难地做着斗争。其中一间角房的门口挂了三个镀金球和一块棕色木板，上面写着"加倍次·威尔逊"这六个白色大字，看来这里就是那位红发客人做生意的地方了。夏洛克·福尔摩斯走上前去，歪着头将其仔细打量了一番，之后，他那双被皱皱的眼皮包裹着的眼睛又开始放光了。过了一会儿，他沿着街道慢慢地走向远处，然后又走回到街角，眼睛还是直直地瞅着那些房子。最后，他返回到典当铺，拿手上的棍子使劲儿敲了两三下地面，便走过去叫门了。开门的是一个白白净净、春光满面的小伙子，他礼貌地请我们进去。

"谢谢，"福尔摩斯说，"我只想向您打听一下到斯特兰德怎么走？"

那伙计想都没想就说："第三个路口右拐，第四个路口左拐。"然后就把门关上了。

在离开的的路上，福尔摩斯对我说："这小伙子可真聪明。照我说，他是伦敦第四聪明的人，我不敢说他能排前三，不过我之前的确接触过比他更聪明的。"

"很明显,威尔逊先生的伙计在这个红发军团之谜中的分量不轻,你走这一趟不就是为了来见见他嘛。"

"不是他。"

"那你是来看什么的?"

"他的膝盖。"

"那你看到了什么?"

"意料之中的东西。"

"你为什么敲那段路啊?"

"我亲爱的医生,这种时候,你应该做的是观察而不是讲话。我们现在可以说是在敌国当间谍。既然我们已经对科堡广场有所了解,接下来就该开始探索它背后的秘密了。"

穿过毫无生气的科堡广场,转过街角,我们来到了另一条街,眼前这条街道和之前那条街道相比简直就是照片的正反两面。这是通向伦敦市北部和西部的主干道,来往的行人众多,人行道都被匆匆而来的人群踩黑了。看着道路两旁装修精致的商店以及富丽堂皇的商业建筑,难以相信这条街的另一面竟是我们刚刚离开的那个没有生机和活力的旧广场。

"让我好好看看,"福尔摩斯站在街角,顺着街道看向远方,"我要记住这些店的具体位置,确切地了解伦敦也是我的一个习惯。这家店叫摩蒂默,然后是卖烟草的店,卖报纸的小屋,市郊银行科堡支行,素食餐厅还有麦克法兰马车制造厂的停车场,接着就是下个街区了。

医生，我们大功告成，可以放松一下了。走吧，先去吃个三明治，喝杯咖啡再走进小提琴的乐园，享受那里的甜美、悠扬、和谐，别让红发客人给我们出的难题破坏了这一切。"

我的朋友是一位热情四溢的音乐家，他不仅是个高超的演奏家，也是位高明的作曲家。整个下午，他坐在包厢里，沉浸在这最完美的幸福里，细长的手指随着旋律轻轻舞动。看着他那张温柔的笑脸，陶醉的神情，真不敢相信他就是那个侦探猎犬福尔摩斯，那个精力旺盛、思维敏锐、蓄势待发的犯罪学专家福尔摩斯。

我一直认为，双重性格会在他身上交替体现，他那精细敏锐的行为习惯与他偶尔表现出来的细腻沉静形成鲜明对比。正是他的这种性格交替，使他能够从无精打采一下子变得劲头十足；另外，我还知道，那个懒洋洋地靠在椅子上、沉浸在即兴演奏和五线谱中的他，才最令人敬畏。因为，紧接着他就会突然被追寻欲征服，本能地拿出自己惊人的分析能力，最后，那些不了解他的手段的人会疑惑地看着他，就像是看着一个博古通今的仙人一般。今天中午，看他在圣詹姆斯大厅如此陶醉，我就知道，那个被他盯上的人就要倒霉了。

听完后，我们从音乐厅里走出来。"医生，你一定想回家了吧。"

"是啊，应该回去了。"

"但我还要去办点事儿，可能要花上几个小时。科堡广场背后可是大有文章。"

"怎么说？"

"那里正酝酿着一起恶劣犯罪。我虽然可以肯定我们能及时将其粉碎,但是,今天是周六,事情就有些麻烦了。所以,我希望你今晚可以帮我一把。"

"几点?"

"最早十点。"

"那我十点到贝克街找你。"

"很好。对了,医生,到时候可能会有些危险,所以记得带上你的左轮手枪。"他挥了挥手,转身离开,消失在人群中。

我坚信自己并不比周围人笨,但是,每当和福尔摩斯共事的时候,我都会感觉自己十分愚钝。刚才我们看到的、听到的内容完全一样,可是,他说话的语气显然表明他不仅看透了已经发生的事情,还看到了即将要发生的事情。然而,整个案子对我而言依旧是个怪异的谜团。回肯星墩的路上,我又仔细回想了一下这个案子——从抄写《大英百科全书》的红发老头到我们这次的科堡之行,再到福尔摩斯刚刚离开时对我说的那番不太吉利的话。我们今晚的征程将会如何?我又为什么要带枪前往呢?我们到底要去哪里,去做什么?从福尔摩斯的言行中,我感觉到当铺老板的伙计不是个简单的角色,他可能正在策划着一个大阴谋。我试图解开这个谜团,但最终还是绝望地放弃了,相信过了今晚一切就会云消雾散了。

当晚九点一刻,我从家里出发,穿过公园,走过牛津街,最后来到贝克街。我看到公寓门口停着两辆马车,于是,我推门进去,上楼时隐约听到楼上有人在说话。走进房间,看到福尔摩斯正高兴地和两个人聊着天,其中一位我认识,是政府警探彼得·琼斯,另外那位是个高高瘦瘦、面色忧郁的男人,头上的帽子闪闪发亮,穿的大衣也是价格不菲。

"哈!都到齐了,"福尔摩斯说着扣上了自己的夹克,又从架子上取下他那根沉重的猎鞭。"华生,你应该认识苏格兰警局的琼斯警探吧?这位是梅里韦瑟先生,他今晚会陪我们一同前往。"

"医生,你瞧,我们又要搭档追捕了,"琼斯警探不紧不慢地说,"我们的朋友是个搜捕的行家,他只是想找一条老狗帮着跑跑腿儿。"

"我可不希望到最后只找到一只野鹅。"梅里韦瑟面无表情地说道。

"先生,您大可相信福尔摩斯先生,"警探骄傲地说,"他有他自己的手段,虽然那些方法听上去太过理论化,太不可思议,可他的确有做侦探的天赋。老实说,有一两回——肖尔托谋杀案和阿格拉宝藏之谜——他的判断比警方还要准确。"

"哦,既然琼斯警探都这么说了,那好吧,"这位陌生人淡淡地说,"但是,我还惦记着我的骰子呢。二十七年来,我还是头一回星期六晚上不玩它们呢。"

"我向你保证,你今晚下的赌注比以前都大,你一定会玩得更尽兴。梅里韦瑟先生,对你来说,这个赌注可是三万英镑;而对琼斯警探来说,赌注是你今天可以抓到你盼望已久的嫌犯。"福尔摩斯对大家说。

"约翰·克雷以前杀过人,做过小偷、强盗、造假犯。他年纪轻轻就成了那一行的翘楚,放眼整个伦敦市,我最想抓的人就是他了。说起这个约翰·克雷,他可不是一般人,他祖父是皇家亲授的伯爵,他本人还先后求学于伊顿公学和牛津大学这样的高等学府。他的头脑和他的手指一样灵活,所以,虽然我们可以在大街上见到他,却无法找到他的藏身之处。他这星期可能在苏格兰刚抢了钱,下星期就跑去康沃尔筹资兴建孤儿院了。这些年来,我一直在找他,却从来没发现他的行踪。"

"真希望今天晚上可以让你们见到他。以前我也和克雷先生交过手,和你一样,我也觉得他是那一行的高手。现在已经十点多了,也是我们开始行动的时候了。你们二位就坐第一辆马车先行一步,我和华生随后就到。"

一路上,夏洛克没怎么说话,只是靠在车厢上,哼着今天下午听的曲子。我们穿过几条迷宫般的街道后,最终来到了法灵顿大街。

"我们就快到了,"我的朋友对着我解释道,"梅里韦瑟是个银行主管,他对这件事很感兴趣。我想带着琼斯好歹也算是个帮手,所以就让他也过来了。毕竟,他人也不错,只不过脑子有点儿不灵光。但他也有优点,他英勇得像一条猎犬,执着得像只龙虾一样抓着谁就绝不放手。哦,到了,看,他们已经在等我们了。"

我们再一次来到今天早上来过的这条街,打发完车夫,就跟着梅里韦瑟先生来到一条狭长的小路，接着他打开一个偏门，把我们领进去，进去以后，我发现里面有一条小走廊，走廊的尽头是一扇厚重的大铁门。他又为我们打开这扇门，之后我们便来到弯弯曲曲的石阶前，石阶又通向另一扇大门。这时，梅里韦瑟先生停下来，点了盏提灯，然后带着我们穿过一条伸手不见五指且混有泥土气息的小路。接着打开了第三扇门，里面是个大大的拱顶房，也可以说是个储藏室，那里有成堆的板条箱和大盒子。

"要从地面上闯入你们银行好像没那么容易。"福尔摩斯举起灯笼，看着梅里韦瑟先生说。

"进入这里也不容易，"他想也不想就说。接着，他用拐杖敲打着地板上的标记，然后吃惊地看着我们说，"天哪，怎么回事，这下面听起来是空的！"

"你小点声！"福尔摩斯郑重地提醒他，"你差一点儿就让我们这次行动功亏一篑了。我拜托你，在箱子上坐一会儿，别碍事行不行？"

梅里韦瑟先生便沉着个脸，一声不响地坐到板条箱上去了。这时福尔摩斯跪在地上，拿着灯笼和放大镜细细地检查地上的石头缝。没多长时间，他就找到答案了，于是他站起来，把放大镜放回口袋。

接着他说："我们至少还有一个小时的时间，因为，当铺老板不睡觉，他们是不会行动的。不过，他们一会儿行动时一定会非常迅速，毕竟，他们完成得越快，为自己争取的逃跑时间就越多。医生，想必你也猜到了，我们现在是在一个伦敦大银行的地下室里，梅里韦瑟先生是这里的主管,他会告诉你这些胆大包天的强盗会对这里感兴趣的原因。"

"他们是冲着法国黄金来的,"那个主管小声说道,"我们之前收到过几次警告,说是有人要来偷这批黄金。"

"法国黄金?"

"不错。几个月前,我们增加银行财政资源的时候出了一些状况,于是就向法国银行借了三万拿破仑黄金。外界都知道我们一直没机会把这批黄金取出来,所以,它们还在我们的贮藏室里。我现在坐着的这个箱子里就有两千拿破仑黄金,而且,这些黄金都用铅制夹层包裹着。我们目前的黄金储备已经远远超过了一个正常支行应当保管的数额,行里的主管也都因此感到忧虑。"

"这就说得通了,"福尔摩斯说,"好吧,我们现在就开始计划我们的事儿吧,希望一个小时内就可以把事情解决掉。还有,梅里韦瑟先生,我们必须得用遮光板把光遮住。"

"那我们岂不是要待在黑暗中了?"

"是啊。我正好带了一副扑克牌,原本想着,我们正好有四个人,可以打打牌,这样你也可以赌两把了。但是,我看敌人都已经准备到这份上了,我们绝对不能让这点光坏了我们的大事。首先,我们得为自己选择一个位置。他们可都是一些亡命之徒,尽管我们要趁他们不注意的时候,一举将其拿下,但一定要小心行事,否则,他们会伤到我们的。我就待在这个箱子后面,你们就躲在那些箱子后面吧。待会儿我一拿光照他们,你们就跑过去把他们围起来。还有,华生,如果他们开枪的话,你就得毫不犹豫地将其击毙。"

我把手枪上了膛放在我面前的木箱子上,福尔摩斯将提灯的遮光板放下来。于是,周围变得漆黑一片,我以前从来没有在这么黑暗的环境里待过。只有一股热金属的味道能让我们知道灯还亮着,一会儿一有信号它就会亮。至于我自己,我的神经已经紧张到了极点。这突然降临的黑暗和地下室里潮湿清冷的空气中弥漫着某种绝望和压抑。

"他们只有一条退路,"福尔摩斯低声说,"那就是穿过这个房子逃回科堡广场。琼斯,我让你办的事儿都办妥了?"

"我已经派了一个探员和两个警官在前门等着了。"

"好,现在,狡兔所有的窟都被我们堵上了,我们就静观其变吧。"

时间过得好慢!从日后的记录中看,其实,我们也就等了七十五分钟,但是,我当时觉得我们在那儿等了一整晚,一直等到黎明。由于我一动也不敢动,导致四肢僵硬,浑身无力,但是神经却紧张到了极点。在那个时候,我的听力异常敏锐,不仅可以听到他们的呼吸,还可以将其区分开来。呼吸较为沉重的是身材健壮的琼斯,呼吸较轻的则是那个银行主管。从我的位置上,我只能通过箱子看到地板。突然,我看到了一束亮光。

起初,只是石板地面上泛起苍白的光亮,然后,那点亮光逐渐变成一束黄光,接着,地板上裂开了一条缝,没有一点儿声响,没有一丝预兆,地板缝里伸出一只手,一只白得像女人一样的手,在那片光亮中来回摸索。大概一分钟以后，那只手蠕动着摸索到地面上。不过，他又缩了回去，这里又一次变得漆黑一片，只有石板缝中的亮光还一闪一闪的。

不过，那只是暂时的，接着，随着噼里啪啦的石头劈裂声，一块白色宽石板被掀了起来，地上便出现了一个方形的洞，里面射出一束灯光。石板边上冒出一张干净的脸，那名男子谨慎地朝四周看了看，双手分别从洞的两边伸出来，支撑着他从下面爬上来。不一会儿，他就站在了那个洞的旁边，后面还有个跟班，也是个矮个子，身体轻盈，面色苍白，还有一头红发。

"没有人，"他低声说道，"凿子和袋子都带了吗？太好了！跳过来啊，阿尔奇。我会接着它们的！"

夏洛克冲出去，一把抓住了闯入者的衣领。另一个又跳回洞里去了，当琼斯抓住他衣襟的时候我好像听到了衣服撕裂的声音。借着灯光，我看到他们拿着左轮手枪，不过，福尔摩斯已经下手用猎鞭打伤了那人的手腕，他的枪一下子掉到了地上。

"没用的，约翰·克雷，"福尔摩斯冷冷地说，"你今天逃不掉的。"

"看出来了，"那个人淡定地回答，"想必我朋友还是安全的，尽管他的衣服被你们扯了下来。"

"门口有三个人正等着他呢。"福尔摩斯对他说。

"哦，是嘛！看起来，你是做足了功课啊。佩服，佩服！"

"彼此彼此，你这个红发军团的主意可真是别出心裁，让你事半功倍啊。"

"你马上就可以和你的同伙团聚了，"琼斯告诉他，"论钻洞，他可比我在行多了，伸出手来，让我铐上。"

"拜托，别用你的脏手碰我，"他被戴上手铐成了阶下囚，"你还不知道吧，我身上流着皇族的血，拜托你们称呼我的时候客气点儿，记得要用'请'还有'先生'。"

"行啊，"琼斯暗笑了一下，饶有兴致地看着他，"嗯，那么先生，可不可以请您走上台阶，这样我们就可以找辆马车，把爵爷您送到警局了？"

"这样好多了，"约翰·克雷镇静地说道，他对我们三个鞠了一躬，就顺从地被探员带走了。

当我们跟着他们出来时，梅里韦瑟先生对我们说："哇！福尔摩斯先生，我们真不知道该怎么感谢您，怎么报答您。您侦破了这个案子，并将这次抢劫的阴谋彻底粉碎，我从来没见过这么周密的抢劫计划。"

"我以前和约翰·克雷先生交过手，在这个案子里，我也确实付出了点儿代价，希望银行可以补偿。但是，除了这一点，能有这个经历作为报酬，我就已经很知足了。毕竟，从很多角度来看，这都是一个独特的案子——红发军团之谜。"

第二天早上，我们一起在贝克街喝加苏打水的威士忌时，福尔摩斯对我解释说："华生，你看，很明显，这则有关军团的广告还有抄写《大英百科全书》的目的只有一个——把这个不太聪明的当铺老板支开几个小时，免得他碍事。这种方法确实有些奇怪，不过我们也很难找到比这个更好的办法了。这肯定是约翰·克雷的同伙给他的灵感，那家伙有一头红发。至于四英镑金币一周的工资只不过是个诱饵，想想看，那对于可以获得几万英镑金币的他们来说又算得了什么呢？于是，他们便刊登了那则广告，他们一个在那个组织就职，另一个就劝说当铺老板去应征，这样，那个当铺老板每天上午都会有几个小时不在家。一听那个伙计竟然只拿一半的工资也愿意留下干活，我就知道，他肯定还有别的动机。"

"但是，你怎么会猜出他的动机？"

"要是他们家有个女人，我也许会怀疑他只不过是色迷心窍而已。但是，这又是不可能的。那个老板的生意又不大，家里也没什么值钱的东西值得他们如此费尽心思、不计代价。所以，他们看上的东西必然不在那家店里。那又会是什么呢？然后，我想到那个伙计十分喜欢摄影，还有他经常跑去地下室。就是地下室给了我灵感！一切谜团都解开了。接着，我就调查了一下这个伙计，发现他竟然是伦敦最大胆、最狂妄的罪犯。他一定在地下室里做了些见不得人的勾当，一些要花费很长时间的勾当。那会是什么呢？我只能认为他是在挖一条通向其他建筑的地道，除了这点，我也想不出别的可能了。"

"然后，我们就来到了犯罪现场。我拿拐杖敲打地面，让你觉得很奇怪，其实，我当时只是在检查，看地下室是通向前面还是后面，答案是后面。然后,我去敲门,果然不出我所料,是那个伙计来开的门。我们以前虽然也有几面之缘,不过,从来没有正面交锋。我几乎都没看他的脸,因为我主要是想看看他的膝盖。你也应该注意到了吧,他的裤子膝盖部分的布料又破、又皱、又脏。这就说明,他每天都会花几个小时来挖地道,所以,只需要搞清楚他究竟要挖到哪里。于是,我走过街角,发现市郊银行和典当铺竟然相邻,这时,我眼前一亮,感觉所有问题都解决了。音乐会结束以后,你就回家了,而我跑去苏格兰庄园拜访了银行主管,再后来的你都看到了。"

"那你怎么知道他们会在那晚行动呢?"

"这个嘛,他们关了红发军团办公室说明加倍次先生的存在已经不对他们构成威胁了,或者说,他们已经挖好了地道。但是他们必须要尽快使用那条地道,毕竟,时间一长,就可能会被发现,黄金也可能被转移出去。星期六对他们来说是个绝佳选择,那样,他们会有两天的逃跑时间。综上所述,我认为他们会在那天晚上行动。"

"你解释得太好了,"我由衷地赞赏他,"真是环环相扣,而每个环节又都合情合理。"

"这件事儿把我从慵懒中释放出来,"福尔摩斯打着哈欠说,"天哪,感觉困意来袭啊。我这一生都在竭尽所能逃离这种平淡,这些事情正好可以帮我。"

"所以,你也算是人类的恩人啦。"我说。

他耸了耸肩,"嗯,也许吧,不过这也没多大用处,就像福楼拜[①]写给乔治·桑[②]的那样,'人类本渺小,工作是一切。'"

[①] 居斯塔夫·福楼拜(1821—1880年),19世纪中期法国伟大的批判现实主义小说家,被誉为"自然主义文学的鼻祖""西方现代小说的奠基者"。
[②] 乔治·桑(1804—1876年),19世纪法国著名女作家,浪漫主义女性文学和女权主义文学的先驱。

身 份 之 谜

SHERLOCK

有一次，我去贝克街找福尔摩斯，与他坐在火炉旁聊天时，他对我说："老伙计，生活是无限玄妙的，玄妙到凡人都无法想象。甚至连其中最普通的事情，我们也不敢构思。如果我们能手牵手一起飞出窗外，盘旋在这个城市的上方，将房顶轻轻掀起，偷偷地看一下里面发生的奇事，各种机缘巧合、阴谋算计、不可告人的目的，还有那些祸及子孙、造成悲剧的连锁事件，估计就不会觉得有什么是新奇的了，也可以不费吹灰之力地预测到结局。"

"我不相信，因为那些众所周知的案件都十分单调和庸俗。而警察局的官方记录往往又现实到了极点，但我们必须承认，结果既不令人向往也没有艺术性。"

"要营造一种现实的效果，必须要有所选择，有些判断力。警方报道里就是缺少这些因素，那些报道更加强调法官的陈词滥调而不是案子的细节，但是细节才是旁观者能够看清事情的关键所在。由此看来，再没有什么比所谓现实更不寻常的了。"

我微笑着摇摇头说："你这么想，我可以理解。对于一个像你这样给不了解状况的人们提供建议和帮助的人，你当然可以将三个大洲发生的奇闻逸事关联起来。但是，现在，我们来实际测试一下吧，"我说着从桌子上拿起一份报纸，"这是今天的头条'男子对妻子实行家庭暴力'，足足占了半个专栏，但是我不用读也知道里面到底发生了什么事。肯定有第二个女人、暴力场景、酗酒逞凶，还会有个富有同情心的小姐妹或者女房东。平凡的作者肯定写不出什么离奇的故事。"

"不过，用这个例子表明观点对你可是大大不利啊，"福尔摩斯拿起报纸，看了一会儿，"这是邓达斯夫妻分居案，当时，我帮他们查清了一些疑点。丈夫既不酗酒，也没有第三者，妻子对丈夫唯一的控诉就是，他染上了一个习惯——每顿饭后都要拿假牙砸自己的妻子。能想出这个故事的可不是一般人。医生，来一点鼻烟吧，你得承认，我已经用你的例子将你打败了。"

他拿出他的旧金鼻烟盒，盖子正中间镶着一颗大个儿的紫水晶。那奢华和他简单的日常生活形成了极其鲜明的对比，看得我都忍不住要评论两句了。

"哎呀，我都忘了，已经有好几个星期都没有见过你了。这是波西米亚国王答谢我帮他解决艾琳·艾德勒那个案件时给的纪念品。"

"那你的戒指哪儿来的？"我看了一眼他手指上闪闪发光的东西。

"这是荷兰王室送给我的,我那回给他们办的事儿极为微妙,即便是好心记录我的案子的你,我也不便告知。"

"那你手头有什么新鲜事儿吗?"我饶有兴致地问他。

"有那么十一二件吧,但是没有一件有意思的。你知道,它们都很重要,但是却无聊透顶。其实,我发现一些不重要的事儿往往会给我们观察的机会,以便我们可以快速推断出前因后果,同时也让整个案子调查起来更有吸引力。犯罪程度越深,案情就越简单,因为犯罪行为越是恶劣,动机就越是明显,这已经成为规律了。我手里除了马赛那边的那个案子之外就基本上没什么有意思的了。但是,几十分钟后,我也许会迎来一个更有趣的案子。因为,要是我猜得不错,一会儿就会有客人来了。"

他起身走到窗前,顺着打开的百叶窗,看向平淡无奇、毫无特色的伦敦街道。从他肩膀上方看下去,我看见人行道对面站着一个胖女人,她围一条毛皮围巾,戴一顶插着红色羽毛的宽檐帽,帽子像德文郡公爵夫人那样向一边倾斜。全副武装的她紧张不已、犹豫不决地朝我们窗户里瞅。她前前后后徘徊了好久,最后飞快地用手指解开了手套的扣子。突然,她像游泳的人离开河岸一般,一个猛子扎入人群,迅速穿过马路,不一会儿,我们就听到门铃响了。

"我以前见过这样的征兆,"福尔摩斯说着将烟头扔进火里。"在街上摇摆不定说明她有心事,想要一些建议,但又不确定这件事儿可不可以对别人讲。还怕到了这里我们会看不起她。要是一个男人辜负了一个女人,那这个女人不会有丝毫犹豫,通常会急得把门铃线都给拉断了。现在,我们可以猜测这是桩感情案,不过这位女士看起来好像没有那么愤怒,只是困惑或神伤。她这就来给我们送答案了。"

说话间,就有人过来敲门,然后一个男仆走进来告诉我们是玛丽·萨瑟兰小姐来访,接着,那位小姐就从皮肤黝黑的小个子男仆身后走了出来,那架势就像是一个远航千里的商人从一艘小货船后走出来一样。夏洛克·福尔摩斯有礼貌地——他一向很有礼貌——请她进来,然后关上门,请她坐下,接着像往常一样仔细却又心不在焉地打量了一下那位小姐。

"你不觉得近视还要打这么多字有些吃力吗?"他问。

"刚开始确实有点儿,但是我现在可以盲打了。"说完,她突然意识到他的话外之意,身体不禁一颤,她抬头看着福尔摩斯,那张和和气气的圆脸上写满了恐惧与震惊。"福尔摩斯先生,你一定听说过我,不然你怎么知道这些的?"

"千万别在意,"福尔摩斯笑着说,"我的工作就是推理。也许我会看到别人容易忽视的东西,不然,你怎么会来找我呢?"

"我来找您,是因为听埃瑟里奇夫人说起过您。她说,当警察都认为她丈夫已经死了的时候,是您帮她找到了他。福尔摩斯先生,我希望您也可以为我做同样的事。虽然我并不富裕,却也有每年一百英镑的合法财产,还有我打字挣来的钱,我愿意把这些都给您,请您帮我查出霍斯默·安吉尔现在怎么样了。"

"可你为什么这么匆忙地来找我?"福尔摩斯十指指尖相触,眼睛看向天花板。

不知怎么的,玛丽·萨瑟兰小姐的脸现在有点苍白,看得出来,她又一次被震惊了。"我确实是摔门而出,因为我对温迪班克先生——就是我父亲——那敷衍了事的态度感到非常生气。他甚至不去报警,也不来找您,而是一直说我丈夫没事,这让我抓狂。所以,我一处理完我的事情就赶来找您了。"

"你的父亲,是你的继父吧,你们的姓不一样。"

"是的,他是我继父,不过我一直都管他叫父亲。这也够荒唐,因为他只比我年长五岁零两个月。"

"你的母亲还在世吧?"

"哦,是的,我母亲依然健在。福尔摩斯先生,我父亲去世后不久,我母亲就再婚了,这让我感到很不高兴,而且对象还是个比她小近十五岁的男人。我生父在托特纳姆法院路上经营一家管子公司,他去世以后留下了自己苦心经营得来的生意,由我母亲和工头哈迪先生继续打理着。但是,温迪班克先生来了以后,就让我母亲将生意变卖,因为他作为一名葡萄酒旅行推销员,生活十分优裕。他们总共赚了四千七百英镑,要是父亲还在,赚的肯定远远不止这么多。"

我觉得这样前言不搭后语的故事应该会消耗福尔摩斯的耐心。但是,我错了,他正专心致志地听着那姑娘讲话。

"你那笔小收入也是从那次生意里得来的吗?"福尔摩斯问。

"不是的,这不是一码事,那是我在奥克兰的叔叔奈德留给我的。是新西兰股票,利息是五分四厘,本金是两千五百英镑,不过我只能拿利息。"

"你倒是勾起了我的兴趣。既然你每年可以从银行取一百英镑,而你又可以稍微挣些钱,那你完全可以去旅行,过着舒适的日子。我想,对于一个单身女性来说,有六十英镑的收入就可以不愁生计了吧。"

"我花不了那么多。但是,福尔摩斯先生,你要知道,只要我还住在家里,就不想成为他们的负担,所以我和他们住在一起的时候,这些钱都归他们所有。当然了,这都是暂时的。温迪班克每个季度都会去银行把我的钱取出来,交给我母亲。不过,我发现,靠着打字挣的钱也够我好好生活了。打一张就有两便士,我一天可以打十五到二十张。"

"我听得非常明白了,"福尔摩斯说,"这是我的朋友,华生医生,你对他可以像对我一样,有什么就说什么。现在,告诉我们你和霍斯默·安吉尔的关系吧。"

萨瑟兰小姐的脸上泛起了一片红晕,她紧张地抓着自己上衣的镶边。"我第一次见他是在煤气工的舞会上,我父亲在世时他们经常会送来请柬,后来他们就记住我们了,每次都会把请柬寄给我母亲。不过,温迪班克先生一直都希望我们别去参加,他巴不得我们哪儿都不去。甚至连我想去教堂做礼拜,他也会非常生气。但是,这一次,我打定主意要去,而且我一定会去的。毕竟,他有什么权利来阻止我呢？他说，那里都是父亲的朋友，我们和那群人待在一起不适合。他还说，我没有合适的衣服，但是，我有一条不经常穿出去的紫色长裙。最后，他无计可施，便跑去法国处理公司事务去了，而我和母亲还有哈迪先生——我们以前的领班一起去参加了舞会。在那里，我见到了霍斯默·安吉尔。"

"想必温迪班克先生从法国回来后对你们这个举动非常生气吧。"

"没有，他表现得很和善。我记得他还笑着耸耸肩膀说谁都无法阻止一个女人去得到自己想要的。"

"所以，你在舞会上认识了一位名叫霍斯默·安吉尔的年轻人。"

"是的，先生。我那晚和他相遇，第二天他来我家问安，后来我又见过他几次，其实也就是一起散过两次步，但是，那之后父亲就回来了，霍斯默·安吉尔也就不能再来我家了。"

"不能？"

"是的，我父亲不喜欢这样的事。他恨不得没有人来我们家，他常说一个女人应该满足于自己家庭内部的生活。但那时，我经常对母亲说，一个女人总是希望有自己的生活圈子，但我自己还没有。"

"那霍斯默·安吉尔先生呢？他就没试着跑来和你见面吗？"

"父亲一周以后还要再去一趟法国，他写信说还是等父亲离开以后再见面比较好，也比较安全。那段时间里，我们可以写信，而且他每天都会给我写信，由于我每天一早就把信取回来，所以父亲也不知道这件事。"

"这段时间里,你是不是和他私订终身了?"

"是的,先生。我们第一次一起散步以后,就决定要和对方在一起了。霍斯默·安吉尔是利德贺街上一家办公室的出纳员,并且——"

"什么办公室?"

"最糟的就是这点了,我也不知道。"

"那他住哪儿?"

"他当然住在屋子里啦。"

"所以你不知道他的地址?"

"不知道,除了利德贺街之外,我就什么都不知道了。"

"那你信上的地址都是怎么写的?"

"寄到利德贺街邮局,留待本人领取。他说要是寄到办公室的话,别的同事会拿他开玩笑,逗趣他有姑娘给他写信,所以,我提议打字写信,因为他的信就是打出来的。但他不同意,说只有我手写的信才能让他感到那些信是我为他写的,而打出来的信会让他感觉我们之间隔着一台机器。福尔摩斯先生,这充分说明他是非常喜欢我的,连这点儿小事都想到了。"

"的确十分说明问题,"福尔摩斯说,"我一向相信细节往往十分重要。你再想想,看还有没有漏掉什么细节,有关霍斯默·安吉尔先生的细节?"

"他是个非常内向的人,宁愿在晚上和我出去散步也不愿在大白天陪我出去,说是不喜欢被人看见。他不善社交,还非常贴心,连声音都是细细的。他说那是因为年轻时得过扁桃体炎,扁桃体肿得厉害,从那以后,他就不能大声讲话了,只能低声与人交谈。他一向穿得体面,衣服虽然普通但却干净整洁。而且,他和我一样视力不好,走在阳光下时得戴墨镜。"

"那后来你继父去法国以后,事情怎么样了?"

"后来,霍斯默·安吉尔来我家向我求婚,他提议我们在我继父回来之前结婚。他非常认真,还要我把手放在圣经上发誓,发誓无论以后发生了什么,我都不能变心。母亲说他让我发誓是对的,这表明了他对我的热情。母亲非常支持我们在一起,她甚至比我更喜欢他。然后,他们商定这周内就举行婚礼。我问他们继父怎么办?但是他们告诉我不要管继父同不同意,事后告诉他一声就好了,母亲还说继父那边她会帮我搞定。我不喜欢那样,福尔摩斯先生。说来也好笑,我竟然会征求那个比我大几岁的男人的同意,因为我实在不想这么偷偷摸摸地做什么事儿,所以我给远在法国波尔多公司办事处的父亲写了一封信,但是在婚礼当天早晨信被退回来了。"

"所以他没有收到信?"

"是的,因为信还没寄到他就启程回来了。"

"哈!可惜了。所以你是在星期五举行婚礼,是在教堂举行吗?"

"是的,先生,但只是个温馨的小婚礼。就在国王路口附近的圣救世主教堂,之后我们要去圣潘克拉斯酒店吃早餐。那天,霍斯默乘着一辆两轮马车来接我们,但由于我们是两个人,所以他让我们坐了上去,自己找了辆四轮马车,当时街上也就那一辆马车。我们先到教堂,那辆四轮马车随后也到达了,我们等着他从马车里出来,但是直到最后,他也没有出现。车夫上车一看,发现车厢里竟空无一人!车夫说他也不知道那是怎么回事,因为他亲眼看着那个人上的车。事情就发生在上个星期五,从那以后,他就变得杳无音讯,真不知道他现在怎么样了。"

"在我看来,你受的委屈可不小啊。"

"没有,不是这样的,先生!他对我那么好,肯定不会离开我的。您瞧,婚礼那天早晨他一直对我说,无论将来发生什么都不许对他变心,哪怕有预料不到的事情将我们分开,也要永远记得我对他的誓言,他迟早有一天会要求我实践这誓言的。虽然在婚礼当天说这种话听起来很奇怪,但是接下来发生的事情证明那其中必有蹊跷。"

"那是一定的。如此看来,你认为他那天遭遇了什么不幸?"

"是的,先生。我相信他一定是预测到那天会出事,不然也不会说出那种话。而且,我觉得一定是他预料中的事情发生了。"

"但是你不知道是什么事情,是吗?"

"是的。"

"还有一个问题。你母亲对这件事的反应如何?"

"她很生气,让我永远不要在她面前提起这件事。"

"那你继父呢,你告诉他了吗?"

"告诉了,他的想法和我一样,也认为一定是发生了什么不幸,他觉得霍斯默先生一定会再和我联系的。如他所说，把我带到教堂然后悔婚对霍斯默有什么好处呢？要是他借了我的钱，或是和我结婚后将我的钱占为己有，这么做还说得过去。可是，霍斯默向来自立自强，从来没有觊觎过我的财产。那么，究竟发生了什么呢？他为什么不给我写信了？这都快把我折磨疯了，以致夜不能寐。"她说着从袖筒里扯出一条手绢，伤心地抽泣起来。

"我会帮你查清楚的，"福尔摩斯站起来说道，"相信我们一定会找到答案的，这件事交给我处理就可以了，你就不必再为此烦心了。最重要的是，你一定要尽力去忘掉霍斯默·安吉尔先生，因为他不会再出现在你的生活里了。"

"这么说，您认为我再也见不到他了？"

"恐怕是这样。"

"那他究竟发生了什么事？"

"这个问题我来解决。不过我还需要关于他的详细信息，还要几封他写给你的信。"

"我在上周六的《纪事报》上刊登了寻人启事，这是刊号，我还带了四封他写的信。"

"多谢。你的地址？"

"坎伯韦尔区，里昂街31号。"

"我知道你没有安吉尔先生的地址，那你父亲的公司在法国的办事处具体在哪儿？"

"他是芬彻奇街法国最大的葡萄酒进口商维斯图斯·马班克商行的旅行推销员。"

"谢谢。你已经说得很明白了。请把信留下,记住我说的话,就让这件事变成一本尘封的书,别让它影响到你的生活。"

"您的好意我心领了,不过我真的做不到。我不会忘记霍斯默的,会一直等到他回来找我。"

尽管她的帽子非常可笑,脸上也没什么表情,但是这种坚定的信念让她变得高贵,也让我们对她心生敬佩。她把信放在桌上后就离开了,临行时还告诉我们,她一定会随叫随到。

福尔摩斯一声不吭地坐了几分钟,十指指尖依旧相触着,两条腿向前伸着,两眼直直地瞪着天花板。过了一会儿,他起身从行李架上取下那根旧烟斗,那烟斗好像能帮助他思考。他点燃烟斗,又躺回椅子上去了,随着一团团蓝色的烟雾从他口中冒出,那副倦怠的表情又回到了他的脸上。

"这位小姐倒是挺有意思的,"他说,"我发现她比她的案子有趣多了。那种手段早就不新鲜了,如果你翻阅一下我的案例,比如1877年安多弗索引的话,会发现类似的事件,去年海牙也发生过这类案子。虽然创意老套,但这件案子里融入了两个新元素。不过,还是那位姑娘比较有意思。"

"看来,你看到了很多我看不到的东西。"

"你不是看不到,华生,而是没留意。你不知道该看向哪里,所以你错过了所有的重要信息。相信你从来不会注意到她袖子上和指甲里隐藏的信息,还有靴子鞋带上的端倪。现在,告诉我你从那位小姐的外表上看出了什么?"

"好吧。她戴了一顶蓝色宽檐帽,上面插着一根砖红色羽毛,穿了一件黑色的短外套,外套上缝着一些黑珠子,边上有一圈黑色玉石装饰。裙子是棕色的,比咖啡色要深些,脖子和袖子上还镶着紫色长毛绒,灰色的手套已经有些褪色,右手食指上的皮磨破了。我没有观察她穿的靴子。对了,她还戴着一对圆形金耳环。整体来看,她过得还不错。"

福尔摩斯轻轻拍了拍手,咯咯地笑了起来。

"我都不知道该说什么好了,华生,你做得真好,真的。虽然你把每个重要的细节都避开了。但是,至少你有这种思维了,而且你对颜色很敏感。任何时候都不要看大体印象,一定要关注细节。对于女人,我一般会先看袖子;至于男人,我可能会先瞄一眼膝盖。你也看到了那位小姐袖子上的紫色长毛绒,那就是个有用的线索。你看,她手腕上方有两条线,那正是打字员打字时与桌子摩擦造成的。缝纫机也会留下类似的痕迹,不过,只会留在左胳膊上,而且是留在离拇指最远的地方,但是这个痕迹却是布满了整个区域。然后我看了看她的脸,看到她鼻梁上有眼镜留下的黑色痕迹,所以才斗胆说出她的近视还有打字,这让她有些措手不及。"

"也吓了我一跳。"

"可是，这些都很明显啊。之后我对她更加感兴趣了，便继续向下看，结果发现她的靴子看起来没有什么不同，但其实它们并不是一对，其中一只的鞋头稍有修饰，另一只却什么都没有。此外，一只靴子上只扣了五颗扣子中偏下的两颗，另一只则扣了第一、三、五颗。看到一个穿着整齐的妙龄女郎这样穿着自己的靴子，能判断出她出门很急也没什么了不起的。"

"还有呢？"我问他，和以往一样，我再次被我朋友这深刻的分析能力吸引了。

"另外，我还注意到她穿好衣服出门之前写了一张便条。你只看到她右手手套上的食指破了一个洞，却没有发现其实她两只手套上的食指都沾上了紫墨水。她写得很急，钢笔有些浸得太深了。但是，墨迹肯定是今天早上沾上的，不然也不会这么清晰。这些都很有趣，虽然非常基础，不过我现在必须要办正事了。华生，你给我读一下霍斯默·安吉尔先生的寻人启事好吗？"

我把报纸拿到光下。

"寻人启事，14日上午一位名叫霍斯默·安吉尔的绅士不幸失踪。身高5英尺7英寸，体格健壮，面色蜡黄，黑色头发，头顶微秃，留有黑色八字络腮胡，戴着浅色眼镜，说话声音偏小。失踪时身穿黑色大衣，里面套着黑色丝绸马甲，佩有金表链。下身着灰色哈里斯花呢裤，靴子边上有松紧带，绑着棕色绑腿。曾是利德贺街某办公室的职员，任何找到他的人——"

"可以了，"福尔摩斯打断我，"那些信也没什么特别的，里面没有什么线索，除了其中一封他引用了巴尔扎克说的话。不过，里面有一点绝对可以引起你的兴趣。"

"它们都是用打字机打出来的。"

"不仅如此，就连签名也是打出来的。看，最后一行那几个工整的小字。信上有日期，地址却很含糊，只写到利德贺街。但是，签名这点的寓意极深，甚至可以说是决定性的重点。"

"决定什么的重点？"

"你怎么会还没看出这对本案的重要性？"

"我的确看不出来啊，除非，这是他准备违背誓言时用来抵赖的证据。"

"不是，那不是重点。不过，我要写两封信，这样应该就可以解决这个问题了。一封写给伦敦市一家公司，另一封写给那位姑娘的继父温迪班克先生，约他明天晚上六点出来见面。和男性朋友偶尔打打交道也是不错的。医生，在我们收到回信之前什么都不用做，暂时就不用理会这件事儿了。"

我一向对我朋友那玄妙的分析能力和超乎寻常的行动精力深信不疑，所以，看他面对这么怪异的案子时还表现得如此淡定沉着，我相信他肯定已经对整件事胸有成竹了。据我所知，他只失败过一次，就是在波西米亚国王案中未能从艾琳·艾德勒手中拿回那些信件和照片。再想想"四个签名"那件奇案以及"血字谜案"时发生的一些非常状况，我想，要是连他都无法解决的案子一定是非常玄奥的疑案了。

于是，我离开了贝克街，走的时候他正拿着烟斗吞云吐雾。相信等我明晚再来的时候，他已经掌握了所有线索，萨瑟兰小姐丈夫的身份之谜也自然会迎刃而解。

第二天，我这里来了一个重症患者，我为他忙活了整整一天。忙完的时候已经接近六点钟了，于是，我冲到街上，叫了辆马车，立刻赶往贝克街。路上还有些担心自己去得太晚会错过这个小故事的结局。但是，到了以后，我发现房间里只有福尔摩斯一个人，又高又瘦的他蜷缩在椅子上，半睡半醒。面前摆着一排试管和杯子，空气中还有一股盐酸味儿，看来他一整天都埋首于他酷爱的化学实验。

"事情都解决了？"我边走进来边问他。

"是啊，这种物质是重硫酸钡。"

"不是这个，我是说那个身份之谜！"

"哦，那个！我还以为是我今天一直在研究的这种盐呢。那件事一点儿都不神秘，我昨天也说了，它只不过是有些细节比较有趣而已。唯一不妙的一点就是：估计没有法律可以制裁那个恶棍。"

"那他到底是谁？欺骗萨瑟兰小姐的目的何在？"

这个问题刚说出口，福尔摩斯还没来得及开口回答，我们就听到走廊里传来一阵沉重的脚步声，接着是敲门声。

"是那位小姐的继父，詹姆斯·温迪班克，他回信说今天六点会来这里见我。请进！"

进来的那个男人体格健壮，中等身材，约莫有三十来岁，没留胡子，皮肤苍白，目光犀利，看面相应该是个极会溜须拍马、曲意逢迎之辈。他满腹狐疑地看了我们一眼，把帽子放在柜子上，然后对我们微微鞠了一躬，走到离我们最近的椅子前坐了下来。

"晚上好，詹姆斯·温迪班克先生，想必这封打印出来的信是您寄的，信里说您今晚六点会过来见我。"

"是的，先生。我知道来得有些晚，不过您也知道，我也是身不由己。真抱歉，萨瑟兰小姐为这点小事就跑来麻烦您，因为我觉得这件事还是不要公开的好。我并不希望她来找您，但她是个容易冲动的女孩，相信您也注意到了，她决定的事情是谁也无法干预的。当然，我也不忌惮您，毕竟您与政府办公室没什么联系，但是这种家丑宣扬出去总是不太好。而且，您费尽心机也不过是在做无用功罢了，您怎么可能找到霍斯默·安吉尔呢？"

"相反，"福尔摩斯镇静地回答，"我相信我已经找到霍斯默·安吉尔了。"

温迪班克猛地一颤，手套从手中滑落。"很高兴听您这么说。"

"说来也怪了，打印出来的信和手写的信一样，不同的作者就会有不同的特征。除非打字机是新的，否则两台打字机打出的字不可能是一模一样的。一些字母可能磨损得比较厉害，而有些字母只磨损了一边。温迪班克先生，您看，您的这封信里，字母'e'都是模糊的，字母'r'的尾巴也不是很清楚。类似这样的还有十四个字母，只不过那两处比较明显。"

"我们办公室里写信用的都是这台机器,墨迹不清楚也很正常。"我们的客人边说边用他那双犀利的小眼睛谨慎地瞟了福尔摩斯一眼。

"那我就要让您见识一件十分有趣的事情了,最近几天我准备写一篇关于打字机和犯罪之间关系的小论文,这是我比较在意的一个选题。我这里有四封来自一个失踪男子写的信。四封都是打出来的,信中的字母'e'都模糊不清,字母'r'的尾巴墨迹很浅,而且,要是用我的放大镜细细观察,您会发现其余的十四个字母也是如此。"

温迪班克抓起帽子,从椅子上跳起来说:"我不能在这种谈话上浪费时间,您要是找到了那个人,就抓住他并且及时通知我。"

"当然,到时候我一定会通知你的,"福尔摩斯说着,一步跨过去,用钥匙把门锁上,"我已经抓住他了。"

"什么,哪儿呢?"温迪班克大声说道,这时他已经吓得嘴唇发白,像只被困在陷阱里的老鼠一样四处张望。

"啊,别费劲了,真的,你今天走不掉的,温迪班克先生。事情已经很明显了,你竟然说我不能解决如此简单的案子,看来你还真是不会夸人啊。现在我已经解决了!坐下来,让我们好好谈一谈吧。"

那人瘫在了椅子上,脸色苍白,紧张得额头上都出汗了。"你——你告不了我。"他断断续续地说。

"的确。但是平心而论,温迪班克先生,这是我见过最自私、最残忍的把戏。现在,我来告诉你事情的经过,要是我说错了,你可以反驳。"

那人缩在椅子上，头垂在胸前，看样子是彻底崩溃了。福尔摩斯的脚踩在壁炉台的壁角上，手插在口袋，身体后仰，接着就开始了他的叙述。不过，他不像是在和我们说话，而是在自言自语。

"一个男人为了钱和一个比他大很多的女人结了婚，而且还想在她女儿和他们住一起的时候花她女儿的钱，那不是一笔小数目。对他这样的人来说，失去那笔钱后境况将大有不同，所以他愿意为了留住那笔钱下些功夫。

"妻子的女儿心肠好、性格好，人长得也漂亮，显然，这样自身条件优秀又有一定收入的她肯定不会单身太久。而她一旦结婚，他每年就会失去一百英镑的收入，那么她的继父为了防止这种现象的出现都做了些什么呢？

"他明令禁止她外出，也不允许她与其他同龄人交往。但是，他很快就发现这办法行不通了，因为她变得愈发倔强，处处维护自己的权利，后来还坚持说自己想去参加舞会。于是，他的继父采取了什么手段呢？他想出了一个更加恶毒的方法。在妻子的怂恿与帮助下，他乔装成另外一个人，带上浅色眼镜，粘上胡子，改变说话声音并充分利用女孩的近视，他就这样成了霍斯默·安吉尔——她的爱人，有效地将其他追求者堵在门外。"

"刚开始，这只是个玩笑，我们也不知道她会这么认真。"我们的客人悲伤地说。

"不可能是玩笑。无论出于什么原因,她对此事非常认真,而且已经认定了自己的继父身在法国,完全不相信这是一个骗局。她被那青年的殷勤搞得满心欢喜,再加上母亲在一旁对此大加赞赏,她便更加坚定了对这份感情的执着。紧接着,安吉尔先生就开始拜访那位姑娘了,因为他要让事情继续进展下去。再后来,你们就开始约会,然后为了不让姑娘被别人抢去又和她订了婚。但是,骗局不能永远进行下去,假装去法国出差未免又过于麻烦了。显然,要结束整个事情,就必须以这种戏剧性的方式,让那姑娘永远记住你,然后拒绝其他所有的追求者。所以就有了后来的圣经宣誓以及婚礼前那段颇有预警的话。詹姆斯·温迪班克希望萨瑟兰小姐对安吉尔念念不忘,对其遭遇不能释怀以致未来十几年里都不会对其他男人动心。然后,他把她带到教堂门口,感觉再也装不下去了,所以就只能从马车的一个门上去,又从马车的另一个门出来,最后消失不见。这是个老把戏了。我想这就是事情的经过吧,温迪班克先生。"

福尔摩斯说这些话的时候,我们的客人已经恢复了一些自信,他从椅子上站起来,脸上挂着一丝冷笑。

"也许是,也许不是,福尔摩斯先生,"他说,"但是,你要是真的那么精明的话,就应该知道违法犯罪的是你,而不是我。我从一开始就什么也没做过,但是,只要你今天不开门放我出去,就是犯了骚扰和非法监禁罪。"

"的确,正如你所说,法律拿你没办法,"说着,福尔摩斯猛地打开了门,"但你却是罪大恶极,但凡那姑娘有个朋友或者兄弟,他肯定会把你打得体无完肤!"他接着说道。看到那人脸上的冷笑,他说得愈发激动,"本来这不是我的职责,但是我手边刚好有一条猎鞭,所以我寻思着不妨——"他两大步快速走到鞭子前,但是,还没抓到鞭子,我们就听到楼道里传来一阵剧烈的脚步声,然后门被狠狠地摔上了。我们透过窗子看到詹姆斯·温迪班克先生飞快地逃走了。

"真是一个冷血的恶棍!"福尔摩斯笑着坐下来,"那家伙一定会接二连三地犯罪,直至不可收拾,最终被送上绞刑架。这个案子从某些方面来看也不是完全无趣的。"

"我到现在还看不出你是怎么分析出来的。"我告诉他。

"显然,霍斯默·安吉尔先生做出这种奇怪的事一定是有所图谋。而当我们了解到萨瑟兰小姐的继父是整件事情的唯一受益人时,事情就渐渐明朗了。而且这两个男人从来没有同时出现过,只有一个不在的时候,另一个才会出现,这也就很说明问题了。然后浅色眼镜、奇怪的声音以及满脸胡子,这些都是伪装的线索。还有他打印信件这种奇怪的行为,这表示姑娘对他的字迹很熟悉,这就使我更加确信了。你看,这些孤立的事实和细节,都指向同一个方向。"

"那你怎么验证出这一点的呢?"

"一旦找出了我要找的人,那就离结论更近了。我知道那人所在的公司。看着报纸上对那个人的描述,我从描述中删去所有可能是伪装的部分——胡子、眼镜、声音,然后把那篇描述寄到他们公司,询问他们公司经常出差的人里有没有和这个吻合的。然后,我又注意到打字机的奇怪之处,所以就给他写信请他来这里一见。果然不出我所料,他的回信中暴露了同样的打印瑕疵。同一个邮递员给我送来了一封来自芬彻奇街维斯图斯·马班克商行的回信,信上说外貌描述和他们的雇员詹姆斯·温迪班克完全相同。这下你都清楚了吗?"

"那萨瑟兰小姐怎么办?"

"要是我这么告诉她,她是不会相信我的。你可能还记得那句波斯谚语,'想要打消一个女人的痴想,如同从虎爪下抢夺幼虎一样危险。'哈菲兹[①]的道理和贺拉斯[②]一样丰富,哈菲兹的情感也和贺拉斯一样深刻。"

[①] 沙姆思·哈菲兹(Shamsoddin Mohammad,1320—1389 年),14 世纪波斯的抒情诗人。
[②] 贺拉斯(Quintus Horatius Flaccus,前 65—前 8 年),古罗马诗人、批评家。

SHERLOCK

现在我要讲述的事情发生在1889年的夏天,那时我刚结婚不久。我又重新开业行医,最终还是把福尔摩斯一个人留在了贝克街的那间房子里,但我也不时会去拜访他,也试过说服他改变自己放荡不羁的个性来看看我们。我接诊的病人越来越多了,因为我就住在帕丁顿车站的附近,所以会接诊一些车站办公室的员工。我曾替其中一位治好了困扰折磨他多年的慢性病,所以他逢人便极力称赞我的医术,并把我介绍给了他所有的朋友。

一天早上刚过七点,我就被一阵急促的敲门声叫醒了,女仆说外面有两个从车站来的人正在会诊室等我。我赶紧穿上衣服,因为从以往的经验来看,从车站来的病人的病情都比较严重。我刚下了楼,就看到我的老朋友——一位铁路警察——走出了诊室,并且关紧了身后的房门。

"我把他带到这儿来了,"他把大拇指举到肩头朝后指指,悄悄地说,"他现在好多了。"

"这是怎么回事?"我问道,因为从他的举动中,我感觉他似乎是把一个怪物关在了我的房间里。

"是个新病人,"他小声说道,"我想着亲自把他带来,这样他就跑不掉了。他就在屋里,没什么事了。我得走了,医生,我和你一样,还有工作要做呢。"说完他就转身走了,都没给我时间好好地感谢他一大早就给我招揽了一笔生意。

我走进会诊室,看到一位绅士坐在桌子旁边。他身上穿了一套杂色的花呢西服,一顶软帽此刻正放在我的书上。他的一只手上缠着一条沾满了鲜血的手帕,牢牢地将整个只手都裹在了里面。他看起来很年轻,应该不超过二十五岁,脸庞坚毅而又阳刚,但面色却十分苍白,看起来像是在极力压制着内心的激动。

"我非常抱歉这么早就来打扰您,医生,"他说,"但是昨晚我受了很严重的伤,今天早上坐火车到帕丁顿来找医生,遇到了一位值得尊敬的人非常热心地陪我来到了这儿。我把名片交给了您的女仆,她把它放在桌子上了。"

我拿起那张卡片看了一眼:维克托·哈瑟利先生,液压工程师,维多利亚大街16号A座。这就是这位访客的姓名、职业和住处。"我很抱歉让您久等了,"我在椅子上坐下后说,"你刚刚坐了夜班车过来,夜间坐车有点枯燥吧。"

"不，我昨晚的经历真的一点都不枯燥。"说完，他靠在椅子上开始高声笑了起来，并不停地抖动着身体。我那作为医生的职业本能使我对此很反感。

"快停下！"我大叫道，从瓶子里倒了杯水给他，"冷静下来！"

但是，我的喊声一点用也没有。最后，他终于从由巨大的痛苦所带来的感情上的亢奋爆发中清醒了过来。他再一次恢复了原样，面色苍白，显得十分疲惫。

"在你面前出丑了。"他气喘吁吁地说道。

"没有的事，喝了它。"我往水中掺了一些白兰地酒。他苍白的脸上终于恢复了些血色。

"好多了，"他说，"现在，医生，请你好好治疗我的大拇指吧，或者应该说是我大拇指处的伤口。"

他解开围巾，露出了整只手。尽管我的神情十分坚定，但在看到他的手之后也不禁浑身一震。他手上四根长手指完好无缺，但原本是大拇指的位置现在只留下了一个血红的、海绵状的切面，他的大拇指被齐根切掉了。

"天啊！"我惊叫道，"伤口受创严重而且一定流了不少血。"

"是的，受伤后我晕了过去，我想我一定昏迷了很长一段时间。当我醒来的时候，发现它还在不停地留血。所以我把手帕紧紧地缠在了手腕上，并用树枝把它绷紧。"

"做得太对了。你应该成为一名外科医生。"

"这里面有水力学的知识,这可是在我的专业范畴之内。"

"伤口是受到锋利的重物攻击后形成的。"我检查过伤口后说道。

"像是把切肉刀。"他说。

"我想应该是一场意外吧。"

"不是。"

"什么,难道是有人蓄意残忍地攻击你。"

"非常残忍的攻击。"

"你吓到我了。"

我用海绵擦拭了伤口,清理了创面,用了些药,最后用消毒棉布和绷带包扎好了伤口。从始至终,他只是靠在椅子上,一直紧咬着嘴唇,一声也不吭。做完这些后,我问他:"现在感觉怎么样?"

"好多了,您的绷带和白兰地起了作用,我觉得自己又重新找回了活力。虽然身体还有些虚弱,但我还有很多事要做。"

"现在你最好不要谈这件事,这会使你神经紧张的。"

"不,现在不会了。我要把这件事报告给警察;如果我没有手上的这个伤口作为证据的话,我不知道警察是否会相信我。因为这件事很古怪,我也拿不出足够的证据来;然而,即使他们相信了我,我也只能给他们提供些非常模糊的线索,到最后能不能把凶手找到再交给法律制裁还是个问题。"

"哈!"我喊道,"如果你遇到了一些棘手的问题想要解决的话,我极力推荐你去找我的朋友夏洛克·福尔摩斯先生,去警局之前你可以先去找找他。"

"噢,我听说过他的名字,"我的来客回答说,"如果他能帮我解决问题那是求之不得的,不过我还是得把这件事告诉警察。您可以把这位先生介绍给我认识吗?"

"不用这么麻烦了,一会儿我亲自带你去见他。"

"真是太谢谢您了。"

"一会儿我叫辆马车,咱们一起去,到了那里我们还赶得上和他一起吃点早餐。你觉得这样身体承受得了吗?"

"可以,只有尽快说出我的经历,我心里才会感觉好受些。"

"我让仆人去叫马车,你在这等我一下,我马上就下来。"我一路小跑上楼,匆匆忙忙地和妻子打了一声招呼后就下楼了。五分钟后,我和我的新朋友已经坐在前往贝克街的马车里了。

一进门,看到的景象和我来之前预料的一模一样:福尔摩斯穿着睡衣在他的起居室里踱来踱去,一边读着《时代报》专栏里的无聊文章,一边抽着烟斗,里面装着昨晚抽剩下的烟丝和烟草块。每天晚上他都会把抽剩的烟丝和烟草块慢慢地烘干,然后收起来放在壁炉架的角落里,留着第二天再抽。他十分友好地招待了我们,吩咐仆人拿来了切得薄薄的熏肉片和几个鸡蛋之后,坐下和我们一起享用了丰盛的早餐。吃过早餐后,他让我们的新朋友到沙发上躺着,在他头下面垫了一个枕头,又倒了一杯掺了白兰地的水放在他的手边。

"很明显,你一定经历了一些不寻常的事情,"福尔摩斯说,"放松下来躺好，随便一些，就和在自己家一样。你觉得可以了就开始说吧，如果感觉累了就停一会，喝几口酒恢复些精神。"

"谢谢您，"我的病人说，"华生医生给我包扎好伤口后我觉得自己又活了过来，您的早餐也让我恢复了不少。我尽量少占用一些你们宝贵的时间，所以我现在就开始讲吧。"

福尔摩斯坐在他的那张大椅子上，看起来有些困倦，脸上有两个深深的黑眼圈，但那只是他把自己敏锐和热切的性子隐藏起来的幌子。我就坐在他的对面，一起静静地听这位访客细细地诉说他的奇怪遭遇。

你们应该要知道，我是个孤儿，又是一个单身汉，独自住在一间伦敦的出租公寓里。我是一名液压工程师，曾经在格林尼治一家非常有名的工厂——文纳和马西森工厂工作过七年，积累了不少经验。两年前，我的工作合约刚到期，又收到了一笔父亲死后留下的遗产，数目非常可观，所以我决定在维多利亚街租几间办公室自己做生意。

人第一次创业时都会经历一段生意萧条的时期，我也不例外。在接下来的两年里，我总共就接到过三笔咨询，做过一个小活，这还都是因为我有个工程师的名头。两年下来总共赚了七百一十英镑多一点。每天，从早上九点开始我就在办公室里坐着，一直等到下午四点，大多时候一笔生意都没有。后来连我自己也开始丧失信心了，觉得再也不会有生意上门了。

然而就在昨天，我正准备下班的时候，我的下属走进办公室说门外来了位绅士想和我谈笔生意。他还递给我一张名片，上面印着的名字是莱桑德·斯塔克陆军上校。那位陆军上校紧跟着我的下属走了进来。他中等身材，个子偏高，但是非常瘦，是我见过最瘦的一个男人。整张脸瘦削得只剩下鼻子和下巴，两边脸颊上的皮肤紧绷着，颧骨高耸。看来他天生就是一副干瘦的身材，因为他看起来很健康，两只眼睛炯炯有神，脚步轻快，举手投足间流露出一股自信。他穿着朴素却不失整洁，至于他的年龄，应该是在四十岁左右。

"您是哈瑟利先生吗？"他操着一口德国口音问我，"别人向我推荐了你，哈瑟利先生。他们说你是一个技术精湛、办事谨慎又能保守秘密的人。"我向他微鞠了一躬，心里对他那番评价感到很是得意。我说："我可以知道是谁给了我这么好的评价吗？"

"可以，不过还是晚些再告诉你好了。我还了解到你是一个孤儿，又是个单身汉，只身一人住在伦敦。"

"没错，"我回答道，"不过我说出来您可别生气，您说的这些好像和我的工作没什么关系。您来这里不是想和我谈笔属于我的专业领域的生意吗？怎么说起这些了？"

"毫无疑问，我来这儿是谈生意的。不过你过会儿就能理解我说的这些绝不是废话。我想交给你一笔关于液压机械的生意，但是必须要完全保密，对谁也不能说，你懂吗？为了完全保密，我们更喜欢和单身、没有家庭羁绊的人来做这笔生意。"

"如果我答应了保守秘密，"我说，"那我就一定会做到的。"

在我说话的时候,他死死地盯着我看,眼神充满了质疑。

"那你答应保密吗?"最后他开口说道。

"是的,我答应。"

"无论在事前、事后还是在事情进行的过程中都完全保持缄默,不在口头或书面提到这件事,你能做到吗?"

"既然我已经做出了承诺,就一定会信守的。"我说。

"非常好!"他突然从椅子上跳起来,像一道光迅速冲出房间,打开门,确定门外没有人偷听。"没人就好。"他走回来说,"我知道有些员工有时对老板的事很好奇,会偷听。现在一切安全,我们可以谈谈了。"他把椅子拉到我的近处坐下,又一次开始用刚才那种质疑的眼神盯着我看。这个陌生人奇怪的举动让我觉得厌恶,心中还涌上一股害怕的感觉。虽然怕失去这个客户,但我还是开始表现出有些不耐烦的情绪。

"请您开始说说您的那笔生意吧,先生。"我说,"我的时间也是很宝贵的。"希望上帝原谅我说出那样的话,不过我终究还是没憋住嘴,说了出来。

"你认为工作一晚上五十几尼的酬金怎么样?"

"非常合理。"

"我说是工作一晚上的时间,不过可能只需要工作一个小时。我有一部液压冲压机坏了,我想听听你的修理意见,一旦你发现了问题所在,不需要你出力,我们会自己动手修理。你觉得这个价格对这笔生意来说怎么样？"

"工作省力，报酬丰厚。"

"确实如此。我们需要你坐今天晚上的最后一趟火车赶过去。"

"去哪儿？"

"去伯克郡的艾福特，在离与牛津郡交界的7英里处，是一个小地方。帕丁顿有一列火车可以在十一点十五分送你到这儿。"

"很好。"

"到时候我会坐马车来接你。"

"我们还要坐马车走一段路吗？"

"是的，我们住的地方离城区有点远，离艾福特车站有7英里。"

"那我们就不可能在午夜之前赶到了。我想我也要错过回来的火车了，我得在那儿过夜了。"

"是的，不过我们会为你安排房间的，这都是小事。"

"这不太合适吧。我能不能另找个大家都方便的时间过去。"

"我们认为你最好还是晚上来。正是考虑到你的不便之处，所以我们才付给你——一个毫无名气的年轻人——一笔足以请到业内最高明人士的酬金。当然，如果你想再考虑一会儿的话，那你就再想想，反正时间还来得及。"

当时我心想，这可是五十几尼啊，我太需要这笔钱了。所以我回答："不用了，我可以答应你的条件。不过，我想具体了解一下我要帮你解决的到底是什么问题。"

"当然可以。之前我要你发过誓，答应一定要保守秘密，现在你应该已经很好奇了。如果你不在我面前发誓，那我什么都不会告诉你。门外没有偷听的人吧，现在说安全吗？"

"绝对安全。"

"那我就说说自己遇到的问题。你知道去油污的漂白土是很珍贵的东西吗？而且目前整个英国也只有一两个地区能出产漂白土。

"不久前，我在离雷丁郡 10 英里远的地方买下了一小片地。接着我发现自己撞大运了，在我买的那块地里竟然发现了漂白土矿。挖出来一看，才发现这个矿床是比较小的，但它却连接着左右两个大得多的矿床，不过那两块地都是邻居家的。这些村里的老实人完全不知道他们的地里有漂白土，自己脚下原来就是一个大金矿。所以，我就想趁他们还没醒过神来之前，把那些地给买下来，不过我暂时还没有那么多的钱去做这件事。我同几个朋友讲了这个秘密，他们说我可以先静悄悄地把自己地里的漂白土采出来，等赚了钱之后就可以把那些地给买到手了。到现在为止，我已经干了一段日子了，为了提高效率，我们还装了一台液压机。不过这台机器不知怎么就坏了，所以我们需要你来帮忙看看。我们一直非常小心地保守着这个秘密，如果被人家知道我们请了一位液压工程师来帮忙，不久就会引来质疑，一旦被别人发现了这个秘密，那我就永远也买不到那几块地了，所有的计划就都泡汤了。所以我才要你保证会严守秘密，对谁也不要说起今晚去过艾福特的事。我说得够清楚了吗？"

"我明白了，"我说，"只是有一点我不太理解，你怎么用液压机来挖漂白土呢？据我所知，液压机是在矿坑里挖碎石块用的啊。"

"哈哈，"他漫不经心地说道，"我们有自己的法子。我们用液压机把漂白土压成砖块，这样我们就可以直接把它们运出来，大家还以为我们在挖土造砖呢。这些可是我们的核心机密，我已经拿出诚意了。哈瑟利先生，现在你知道我多么信任你了吧。"接着他抬起头说道，"晚上十一点十五分，我在艾福特等您来。"

"我一定会到那儿的。"

"再提醒你一遍，一个字也不要说出去。"他最后用质询的眼光深深地看了我一眼，又紧紧地握了握我的手，我感觉到他的手很冷，手上还有很多汗，然后他就匆匆忙忙地离开了。

他走后，我冷静下来好好地想了想整件事情，你们可能也和我一样，对这笔突然送上门的生意摸不着头脑。一方面，我心里当然非常高兴，因为他付的钱是我自己报价的十倍之多，我可能还可以借此大赚一笔。另一方面，刚才那人的长相和行为举止给我留下了很不好的印象。我觉得事情没那么简单，他不会真的就因为要修理一台挖漂白土的液压机而让我在深夜一个人赶过去吧，这说不通。除此之外，显然他非常焦虑，担心我会把这件事讲出去。尽管如此，最后我还是把一切抛在脑后，晚上吃了顿饱饭就坐马车往帕丁顿去了，并且自始至终都遵守诺言，对谁都只字未提。

在雷丁郡，我不仅需要换马车，而且还要换车站，恰好赶上了最后一班去艾福特的火车。晚上十一点过后,火车停在了一个又小又黑的车站,只有我一个人下车。站台上没什么人,只有一个提着灯的列车员站着打瞌睡。我从车站的一个小门出去,立马就看到了早上来找我的那人,他就站在大门另一侧的阴影里等我。然后他一句话也没说,急匆匆地拉着我的胳膊朝那辆敞开着门的马车走过去。上了马车之后,他拉下两边的窗户,又对着车厢上的木板敲了几下,接着马儿就拉着马车全速跑了起来。

"只有一匹马吗?"福尔摩斯插嘴问道。

"是的,就一匹。"

"你看清马的颜色了吗?"

"对,我上车的时候看到了,是匹栗色的马。"

"那匹马的气色怎么样,是一副疲惫的样子还是劲头十足呢?"

"噢,它看起来很有劲,毛发也很光亮。"

"谢谢。对不起,突然打断了你。你接着说吧,这件事很有趣。"

离开了车站后,我们在路上走了至少有一个小时。莱桑德上校之前说只有7英里,但是我觉得按马车的速度和行进的时间来算的话,怎么也得有12英里了。一路上他都一言不发地坐在我旁边,中间我朝他瞥了好几眼,发现他一直都非常紧张地盯着我看。乡下的路似乎不怎么平坦,因为马车上下颠簸得厉害。我想透过窗户看看我们走到哪儿了,但玻璃都是不透明的,除了偶尔能看到一些路边模糊不清的灯光外,一片混沌。我鼓起勇气想找点话题聊聊,调剂一下这枯燥的旅途,但那位上校有一搭没一搭地应着,把我晾在了一边。最后,经过一路的颠簸后,马车又走了一段平坦的碎石路,接着就停下了。莱桑德上校站了起来,我跟在他身后,他拉着我快步向车门走。我们顺着马车右侧的梯子走了下来,又匆忙地进了大厅,以至于我都没有机会站在房子前好好地看它一眼。我穿过大门后,门马上就被猛地关上了,之后我模模糊糊听到了车轮子转动的吱吱声,马车已经走了。

屋子里一片漆黑,上校摸索着找出火柴并低声抱怨了几句。突然,通道的另一端有一扇门打开了,一束金色的光远远地朝我们射来。光越来越亮,我看清了,是一个手上提着灯的女人,她探出头,眼睛朝我们看了过来。她身材很好,是个美人,从灯光照在裙子上反射出的光泽来看,那一定是一件用非常昂贵的料子做成的裙子。她说了几句外国话,像是在发问,上校粗暴地回答了她几个词之后,她显得非常吃惊,手里的灯差点就掉在了地上。莱桑德上校走近她,在她耳边小声地说了几句话,然后直接把她推进她刚刚待着的房间,上校回来的时候手里多了盏照明灯。

上校带着我进了一个房间,"或许你得在这里等我几分钟了。"说着,他就推开了另一扇门。我站在原地,屋子很小很安静,没有什么家具,屋子中间有个圆桌,上面散放着几本德语书。房门旁边有一架手风琴,莱桑德上校把灯留在了那上面。"我不会让你等太久的。"

他说完就转身在黑暗中消失了。

我看了几眼桌子上放着的书,虽然我不懂德文,不过还是发现其中有两本是科学专著,其他的都是诗集。然后我走近窗户,想透过窗看看乡下的景色,但是橡木窗被人从外面用一根木栓死死地卡住了,根本推不开。屋子里非常安静,静到可以听见外面走廊里有一块老式的挂钟在滴答作响,但除此之外,四周死一般地沉寂。

我心里隐隐地生出一种恐惧不安的感觉。这些德国人是谁?他们来这里干什么?这里是哪儿?我只知道这里离艾福特应该有差不多10英里,但是我位于艾福特的哪个方向呢?东南西北,我完全弄不清。接着我想到以我现在的位置为原点,10英里之内还有一座大城镇——雷丁郡镇,那就是说这个地方并不是在什么偏僻的犄角旮旯,这就好了。不过,四周完全寂静,由此可以推断出我们是在乡下,只有乡下的晚上才会这么安静。我在屋子里不停地踱着步子,哼着小调来给自己壮胆。我感觉到自己完全是为了五十几尼酬金而来的。

突然,在这死一般的寂静中,房门完全没有预兆地被慢慢推开了。那个女人站在门缝里,身后的走廊一片漆黑,我房间里的那盏灯照亮了她美丽而急切的脸庞。我看了她一眼,她的身体因为恐惧而显得柔弱不堪,我的心猛地凉了。她伸出一根不停颤抖的手指示意我不要说话,接着用不连贯的英语对我说了几句话,她不停地瞅着身后,就像是一匹受到惊吓的马儿。

"我要是你我就走了,"她尽力冷静下来和我说,"我要是你我就走了，我不会待在这儿。待在这儿对你没有好处。"

"但是，夫人，"我说，"我还没完成任务呢。我要看过机器后才能离开。"

"这儿不是什么好地方，不值得你待在这儿，"她接着说，"现在你走出这扇门就能出去了，外面没有守卫。"她看到我笑着摇了摇头，她突然就抛开了自己的顾虑，紧紧地绞着手，向前走了一步。"看在上帝的份上，"她小声说，"快点离开这儿吧，不然就来不及了。"

但我天生就是倔强的性格，别人越阻拦我做这件事，我就越要把它做到底。我想到了即将到手的五十几尼酬金、惹人烦的旅程还有晚上不愉快的事。是否这一切都将毫无意义了呢？我既没有完成任务，也没有拿到属于我的酬金，那我为什么要走呢？这个女人可能是个偏执狂。虽然她再三的请求让我有点动摇了，但我还是摇了摇头，告诉她我决定留在这里不走。她还想再次恳求我离开，但这时候楼上的一扇门吱呀一声被推开了，接着楼梯里传来了一阵脚步声。她听了一会儿，用手做出一个绝望的姿势后，便和她来时一样突然悄无声息地消失了。

莱桑德上校带着一个陌生人走了进来，那是个又矮又胖的人，双下巴处的褶皱里长着一片栗鼠胡须，上校介绍说他是弗格森先生。

"他是我秘书兼经理。"上校说，"顺便说一下，我记得我刚刚离开的时候把这扇门关了，我担心你会被风吹着。"

"正好相反。"我说，"我觉得屋子里有点闷，所以把门打开透透气。"

他听后疑惑地看了看我。

"或许我们该具体谈谈生意了,一会儿我和弗格森先生会带你去看机器。"

"我想,那我最好带上我的帽子。"

"噢,不用,机器就在屋子里。"

"什么,难道你在屋子里挖漂白土吗?"

"不是,不是。我们只是在屋子里把它们压成块。别再想了。我们只希望你可以检查机器然后告诉我们哪里坏了就行。"

我们一起上了楼,上校走在最前面,胖经理和我在后面跟着。这是幢像迷宫一样的老房子,到处都是走廊、过道和螺旋状的窄楼梯,还有很多又小又矮的门,门槛已经被居住过的几代人踩得凹陷了下去。楼上的地板上没有铺地毯,也没有放置任何家具,墙上的石膏已经开始脱落,湿气使墙壁上滋生出许多绿色的、难看的斑点。我尽量装出一副什么也不在乎的样子,但我没忘记那位夫人所说的话,即使我的眼睛没有在看他们,我依然保持着高度的警惕。弗格森看起来是个孤僻寡言的人,但我还是从他的话里听出来他是一位英国人。

莱桑德上校最后在一扇低矮的门前停了下来,他打开了门。里面是一个四四方方的小房间,小到容不下三个人。弗格森先生留在外面,上校带着我继续向里走。

"我们到了,"他说,"事实上我们现在就在那台液压机的肚子里，如果现在有人启动这台机器的话，我想这对我们来说不是一件好事。这间小房间的天花板其实就是下降活塞的底端，活塞向下运动，带着几十吨的压力挤压下面这块铁板。机器侧面安装着一些小的柱形水压器，可以存储压力，并能把它加倍地释放出来，这你应该很清楚。这台机器已经组装好了，但是运转起来不是很顺畅，有点漏压。请你好好地检查一遍并找到问题所在，然后教我们怎么修好它。"

我从他手里接过灯，开始细心地检查机器。这台机器很庞大，能够产生并释放巨大的压力。我走到整台机器的外面，压下操纵杆时我听到了呼呼的声音，表明它有轻微的泄漏，这会导致其中一个汽缸里出现水逆流的现象。我检查了一遍后发现，一个缠绕在驱动杆顶端的橡胶皮圈因为受热收缩了，因而不能塞住在其中来回移动的杆套，压力就从空出的缝隙中溜走了，这就是导致压力泄漏的原因。我告诉了上校，他仔细地听完我的话，又问了我几个修理的办法。我回答了他想知道的一切，然后我又来到了这台机器的内舱，好好地看了看它，以满足自己的好奇心。很明显，这台机器是用来开采漂白土的说法是个再假不过的幌子，因为设计一台这么强大的机器竟然是为了挖土，简直是大材小用，太荒谬了。放机器的这间房子，墙体是木质的，不过底部被改造成了一个大铁槽，我去检查了一下，铁槽的外壳包裹着一层金属沉淀物。我弯下腰，取了一些碎片，想看清到底是什么东西。这时候，我听到有人用德语咕哝了一声，接着就看到上校站在上面冷着脸低头盯着我看。

"你在这儿干什么呢?"他问。

想到他这么煞费苦心编造故事把我骗过来,我感到很生气。我回答说:"我正在看你挖出来的漂白土呢。我觉得如果你告诉我这台机器到底是用来干什么的话,我就能多给你些建议。"

话说出口的那一秒,我就后悔了,我不该这么轻率。他沉下脸,暗灰色的眼神中透出了恶意。

"非常好,"他说,"你会知道这台机器的一切的。"接着他向后走了一步,退出房间,关上了房门并用钥匙把门锁死了。下一刻,我冲到门口,使劲地转动门把手,但门被反锁得死死的,任凭我猛踢猛推,门怎么也打不开。

"喂!"我大叫,"喂!上校,放我出去!"

突然,我在寂静之中听到了一声响动,我的心瞬间就提到了嗓子眼,那是杠杆活动的当啷声和泄漏的汽缸里发出的沙沙声。他把机器启动了。那盏照明灯还在上面,我检查水槽的时候把它放在了那里。借着灯光我看到黑色的天花板正慢慢地边晃动边向下压过来,我很清楚这股力量可以在几秒钟内就把我磨成肉泥。我大声叫喊着,用身体撞门,用手指抠门锁。我乞求上校把我放出来,但是身后杠杆活动发出的冷酷的当啷声淹没了我的呼喊。天花板离我的头顶只有不到 2 英尺远了,我举起手就能感觉到它粗糙、坚硬的表面。然后我脑子里突然闪出了一个念头,我在死亡时要承受的痛苦取决于它先压到我身上的哪部分。如果我仰着脸站直了身子,那将由我的脊柱来承受巨大的力量，一想到脊柱断裂的噼啪声，我就忍不住全身颤抖起来。或许另一种姿势能死得更快一些，能少遭些罪，但我真的没有勇气躺在下面，眼睁睁地看着那黑色的影子摇晃着向我压下来。我的身体已经站不直了，突然我看到了一些东西，心里又迸出了生的希望。

我之前说过，这间房的地板和天花板都是铁的，但墙体是木头做的。当我最后向周围看了一眼的时候，我发现墙上两块木板的中间透出了一缕黄色的光，向外看光线越来越亮，应该是墙上固定两块木板的一块小嵌板松动了。那一秒，我几乎不敢相信我找到了逃离死亡的那扇门。接着，我用尽全力冲了出去，躺在一边呈半昏迷状态，嵌板又在我身后阖上了，但上面那盏灯被压碎的声音和两块厚铁板撞击发出的铿锵声告诉我，我在千钧一发之际脱了险。

我记得有人疯狂地拉扯着我的手腕，然后我发现自己躺在一道窄走廊的石面地板上，一个女人右手拿着一根蜡烛，弯着腰用左手拖着我的身体。她就是那个警告过我要我离开，却被我给愚蠢拒绝了的好人啊。

"快，快，"她气喘吁吁地说，"他们很快就会发现你跑掉了。别再浪费宝贵的时间了，快跑啊！"

这次我没有再不屑一顾地回绝她的话。我蹒跚着跟在她后面跑，穿过走廊，又下了一座螺旋梯，接着跑进了另一条宽一点的走廊。我们刚跑过走廊就听见一阵脚步声，有两个人在我死里逃生的那个地方一问一答。那个女人停了下来，像是已经无计可施了。她带着我推开一扇门,进了一间卧室,透过窗子可以看到外面又大又亮的月亮。

"这是你唯一的机会了,"她说,"有点高,但你也许能跳下去。"

她正说话的时候,走廊的尽头亮起了一束光,我看到了莱桑德上校的影子。他一手提着灯,一手拿着把屠夫切肉用的刀,向我们冲了过来。我赶忙穿过卧室,推开窗子,向下看了看。月光下的花园看起来有一种难以言表的美,这里离地面不到30英尺。我爬上窗台,但我犹豫了一下没有跳下去,因为我不知道我的救星和追捕我的恶棍之间会发生什么事。我想,如果她因为我有个三长两短,那我无论如何也要把她救出来。我刚刚下定决心,那个男人就跑到门口了,他一把推开她,但是她用胳膊死死地抱住他,拉着他向后退。

"弗里茨,弗里茨!"她用英语大声地喊,"还记得你上次发的誓吗?你说过不会再杀人了。他一句话都不会说出去的!噢,他一句话都不会说出去的!"

"你疯了吗,爱丽丝!"他咆哮道,并试图摆脱她。"你会把我们都给毁了,他知道得太多了。放开我,听到了吗!"他猛地用力把她推到一边,挥舞着刀子,朝窗户冲了过来。这时我已经离开了窗口,两只手扒着窗沿正准备往下跳的时候,他的刀落了下来。接着一股剧痛传来,我的手松开了,身子直接坠到了花园里。

落下来的时候我感觉身子一震,但没有受伤;我知道自己远未脱离危险,所以我站起身全力地朝树丛中跑去。跑着跑着,突然感到头晕眼花,我低下头看了看自己疼痛无比的手,发现自己的大拇指被切下来了，伤口还在不断地向外流血。我尽力用手帕包好它，但是过了一会儿，脑子里开始响起嗡嗡的声音，接着我就晕倒在了玫瑰花丛里。

我不知道自己究竟昏迷了多久，但一定是很长时间，因为我醒来的时候，月亮已经不见了，天开始亮了。我全身的衣服都被露水浸湿了，袖子上沾满了从手上流出的鲜血。指端传来的疼痛让我想起了昨晚发生的一切，我想他们可能还在找我，这儿并不安全，然后就站起身想要往前走。但当我站起来向四周看的时候，惊奇地发现那幢房子和花园都不见了。我躺在一条公路的树篱后面，不远处有一座很长的建筑，我认出来那就是昨天晚上下车的那个火车站。如果不是手上的伤口仍在，我可能会觉得昨晚发生的事是一场噩梦。

我头晕眼花地走进车站，问了一下早班列车的时间。大约几十分钟后，车站会有一班开往雷丁郡的火车。昨晚看到的那个守门人还在这儿值班，我上前问他是否听过莱桑德这个名字，他和我说没有。我问他昨天晚上有没有见过那辆接我的马车，答案还是没有。我又问他这附近有没有警局，他说3英里外有一个。

我全身虚弱无力，自然不可能走着去警局了，所以我决定等回到城里再报警。差不多六点钟的时候，我到了城里，先去找医生包扎了下伤口，接着医生就把我带到了这儿。我已经把整件事都说了，你们说我接下来该怎么做。

听完了他的非凡经历后，我们俩都坐在位置上，沉思了一会儿。然后，夏洛克·福尔摩斯站起来走到书架旁边，抽出了一本厚重的、贴满了剪报的摘录簿。

"我找到了一则广告,你可能会感兴趣,"他说,"一年前所有的报纸上都刊登了这则广告,我念给你们听听:寻人启事:杰里迈亚·海林先生,现年二十六岁,是一位液压工程师。于本月9日晚上十点出门后就音讯全无。身穿……等等,等等。好了!我猜想,这就是上一次那位上校想找人修理机器的时间。"

"上帝啊!"我的病人喊道,"这和那个女人说的一样。"

"确实。现在事情很明显了,那位上校就是一个为了达到自己的目的,会不顾一切清除所有障碍的杀手,就像那些凶狠的海盗,每次劫持了船只后都会把船上的人全部杀完,一个不留。现在,每一秒钟都是弥足珍贵的。如果你能撑得住,在我们去艾福特之前,先去趟苏格兰场报警吧。"

三个小时后,我们所有人一起坐上了从雷丁郡开往伯克郡乡下的火车,车上有我、福尔摩斯、那位液压工程师、苏格兰场的布拉德斯特里特警长和一位便衣警察。布拉德斯特里特警长在座位上铺开了一张伯克郡的军用地图,忙着用圆规在图上以艾福特为中心画圆。

"画好了,"他说,"这个圆是以艾福特为中心、10公里为半径画的,先生,你不是说我们要找的地方离艾福特有10英里吗?那它应该就在这个圆圈的附近了。"

"马车疾驰了一个小时。"

"你觉得他们在你晕倒的时候又把你送了回来吗?"

"应该是吧。我隐约记得好像被抬起来运到了什么地方。"

"我不能理解的是,"我说,"他们在花园里发现你晕倒在地后,为什么没有杀了你而是饶了你的性命呢?难道是他听了那个女人的乞求,心软了?"

"我认为那不可能,我从没见过比上校更冷酷无情的人。"

"噢,我们很快就会把一切都搞清楚的,"警长说道,"我已经画好圈了,真希望我知道地图上哪一个点才是我们要找的地方。"

"我想我可以指出来。"福尔摩斯平静地说。

"真的吗?现在!"布拉德斯特里特警长喊道,"你已经有想法了!那好,看看大家谁和你的意见一致。我想是在南边,因为那边是大片的荒漠。"

"我认为是在东面。"我的病人说道。

"我认为是在西面,"便衣警察插话道,"那儿有几个小村子。"

"我认为是在北面,"我说,"因为那里没有丘陵,我们的朋友说了他坐的马车并没有上过坡。"

"好吧,"警长说,"大家的观点还真是不一样,东南西北都有,福尔摩斯,你支持谁呢?"

"你们都错了。"

"但是我们猜了所有的方向啊。"

"是的,不过你们都错了。我觉得是在这里。"他的手指放在了圆的那个中心点上。"我们在这儿才能找到他们。"

"那我们走的 12 英里路呢？"哈瑟利说。

"向前走 6 英里再往回走 6 英里，这是再简单不过的小伎俩了。你说上马车之前看到马儿全身毛发光亮，劲头十足。你想想，如果一匹马已经拉着车走了 12 英里的路，它怎么会劲头十足呢？"

"确实，这不过是个小伎俩，"布拉德斯特里特警长沉思了一下说，"这也透露出了这伙人的本性。"

"也不全是，"福尔摩斯说，"他们是一个大规模伪造货币的团伙，那台机器是用来制造汞合金的，他们用它来代替银币。"

"不久前我们确实发现了一个造假币的团伙，"警长说，"他们很狡猾，还制造出了上千枚半克朗硬币。我们曾一路追踪他们到雷丁郡，但线索突然断了，他们非常精通于掩盖自己的踪迹。不过现在，我要感谢这次机会，这次一定要把他们全部抓捕归案，绳之以法。"

但是警长的愿望破灭了，这些不法分子注定不会在这天落入法网了。当我们到达艾福特车站的时候，我们看到车站后面升腾起了一个巨大的烟柱，烟雾是从附近的一小片树丛飘出的，眼前的画面看起来像是一根巨大的鸵鸟毛漂浮在田园上空。

"有间房子着火了？"当我们坐的那辆列车出站后，布拉德斯特里特警长问道。

"是的，先生！"车站的主管说。

"什么时候起火的？"

"听说是晚上起火的，先生，但是火势很大，整个地方都成火海了。"

"那是谁的房子?"

"是比彻医生的房子。"

"告诉我,"那位工程师插话说,"比彻医生是不是一个非常瘦、有着长长鹰钩鼻的德国人?"

车站的主管大声地笑了出来。"不是,先生,比彻是个英国人,这片教区里住的都是本地人。不过他身边倒是有一位绅士,是位病人,据我所知,他是外国人,看起来给他来上一些上好的伯克希尔牛肉对他也没什么坏处。"

我们没等车站的主管说完,就都急急忙忙地朝着火的地方赶去。脚下的路通向一个低矮的丘陵,那儿建着一座很大的白色房子,房子上所有的窗户和裂缝都向外喷着火焰。房前的花园里停着三辆救火车,正在全力地控制火势,不过还是徒劳无功。

"就是那儿,"哈瑟利激动地大叫道,"你们看,这是碎石路,那边是我昏迷的玫瑰花丛,我就是从楼上第二个窗户上跳下来的。"

"好吧,至少,"福尔摩斯说,"你也报了仇了。毫无疑问,这场大火是你的油灯引燃的,当它被压碎后,点燃了四面的木墙,当时他们一心想抓住你,反而忽略了那个油灯。你现在睁大眼睛看看人群里有没有昨天晚上的那几个人,但如果不出我所料的话,他们应该早就逃之夭夭了。"

福尔摩斯的话应验了,因为从出事的那晚上到现在,不管是那位漂亮的女人,还是阴险的德国人,或者那个孤僻的英国佬,我们连一点消息都没有听到。当天早上,倒是有一个农民看到过一匹马车朝着雷丁郡的方向疾驰而去。车里坐了几个人,车上还装着几个非常大的箱子。不过所有的追踪线索都断了,即使是机智无比的福尔摩斯也没有找到关于他们藏身之地的线索。

在房子里发现的奇怪的机器装置让救火队员们感到非常忐忑,当他们在二楼的窗台上找到了一根切断的拇指后,这种感觉就更加强烈了。太阳快要下山的时候,救火队终于成功地扑灭了大火,不过这时候房子的屋顶已经掉落,这栋房子已经被烧成了一片废墟。他们从废墟中发现了一些烧得变形的汽缸和铁管,但没有找到那台差点让我们的倒霉蛋丧命的机器。

在外围的一间屋子里还储存有大量的镍和锡,但是没有找到制好的假币,应该是被装在那几个大箱子里一起带走了。至于我们的工程师是如何从花园被运到他之后醒来的地方,如果没有那些在松软的草地上留下的清晰足印,可能会成为一个永远也解不开的谜。显然那天他是被两个人抬着的,其中一个人的脚印很小,另一个人的脚印很大。那大脚印极有可能就是那位寡言少语的英国人,他并没有他的同伙那么冷血残忍,在最后的关头,他帮那个女人把这位昏迷的工程师送离了危险之地。

"好吧,"我们坐在返回伦敦的火车上,那位工程师伤心地说,"这笔买卖我真是赔大发了,不光五十几尼的报酬没拿到,还断了一根手指，到最后我得到了什么啊。"

"经历。"福尔摩斯大笑着说，"它也是一笔财富啊。你要知道，接下来你只需要把自己的经历说出去，肯定会为你的公司博得极高的声誉，钱财自然会滚滚而来。"

SHERLOCK

这段日子，圣西蒙勋爵的大婚和它奇怪的结局早已不再是那个倒霉新郎生活的贵族圈子里热门的话题了。又一拨丑闻已新鲜出炉，那些更加辛辣、刺激的细节让老话题黯然失宠，报纸上的小道消息栏也不再关注它。但是我有理由相信，事情的真相并没有公之于众，因为夏洛克曾参与处理了这件事，从他的口中我了解到了一些重要的事实。我觉得我得略提一下这个小插曲，如果没有它，福尔摩斯回忆录就不完整了。

那是在我结婚几个星期前的一天，我还和福尔摩斯一起住在贝克街的公寓里，下午他散步回来的时候看到桌子上放着一封寄给他的信。因为外面突然开始下雨，再加上秋日的狂风，在阿富汗战役里中弹的腿最近又开始隐隐作痛，因此我一整天都待在屋子里。我坐在一把安乐椅里，腿搁在另一把椅子上，身上盖满了一堆那天送来的报纸，然后我把它们全部扔到一边,无精打采地躺在那儿,两眼看着放在桌上的那封信上的顶头大字,懒洋洋地猜想是哪位贵族给我朋友寄的这封信。

"这儿有一封非常时髦的信,"他进门的时候我提醒道,"如果我没记错,你早上的那些信是一个鱼贩子和一个侍者送上来的。"

"看到了,给我送信的人总是多种多样啊。"他笑着说,"通常平凡的人更有趣些。这封信看起来像是那些讨厌的社交活动发来的请帖,通常他们请的人要么无聊之极,要么就满嘴瞎话。"

他打开了信封,瞅了一眼内容。

"噢,天啊,上面写的还有点意思啊。"

"不是什么社交舞会吗?"

"不不不,涉及我们的职业。"

"是位贵族委托人写来的?"

"是位地位很高的英国人。"

"老伙计,恭喜你啊。"

"华生,我可以向你保证,对我来说,委托人的身份倒是次要的,我真正感兴趣的不是他而是他的案子。不过在这件新案子里,他的社会地位也许会是不可或缺的。你把最近的报纸都看完了,是吗?"

"是的,"我指了指墙角的那一大捆报纸,悲伤地回答道,"除了看报纸,我什么事也没有。"

"真幸运啊,你应该能帮到我。我只读了些犯罪新闻和私事广告栏,后者总是能给我些启发。不过既然你最近每天都在关注报纸,那你肯定知道圣西蒙勋爵和他大婚的事吧。"

"噢,是的,我非常感兴趣。"

"那就好了,我手上拿的这封信就是圣西蒙勋爵写的,我会读给你听,但作为回报,你得翻完这堆报纸,告诉我与这件事情有关的一切。他信上是这么写的。

亲爱的夏洛克·福尔摩斯先生:

贝克瓦特勋爵告诉我可以完全地信任你,他说你办事谨慎,断案如神。所以,我决定来拜访你,向你请教一些在我婚礼中发生的、让人非常心痛的事情。苏格兰的雷斯垂德警长已经介入这件事的调查中了,但是他说并不反对与你合作,反而觉得你能给他提供一些帮助。我会在下午四点的时候来见你,如果你已经有了什么安排,我希望你可以推掉,因为这件事非常重要。

此致

圣西蒙

"寄信的地址是格罗夫纳大厦,信是用羽管笔写的,咱们的这位贵族勋爵还不小心沾了一些墨水在右手的小指外侧。"福尔摩斯边说边把信折了起来。

"他说四点钟过来,现在是三点钟,一个小时后他就到了。"

"那么我还有些时间,你得帮我把这件事搞清楚了。你得把最近的报纸全翻个遍,再按时间顺序把它们排好,在此之前我先去看看我们客人的资料。"他走到壁炉架的书架旁,从一排参考书里拿出了一册红皮的书。"找到他了,"他说,然后坐下把书放在膝盖上摊开,"罗伯特·沃尔辛厄姆·德维西·圣西蒙勋爵,是巴尔莫勒尔公爵的第二个儿子。哈!他的勋章是蔚蓝色的,中间绣着三个三角钉,旁边是一只黑豹。1846年出生,今年四十一岁,早已到了结婚的年纪,在一家主营拓张殖民地的机构任副秘书。他们一家父亲的一方都继承了金孔雀王朝王室的纯血统,母亲的一方则继承了英国都铎王朝王室的血统。哈!这个介绍里并没有多少有用的东西。现在,我得求助于你了,希望能找到些可靠的信息。"

"找到你想要的信息真是再简单不过了,"我说,"因为这件事刚发生不久,另外我也曾很关注这件事。之前没告诉你是有些担心,因为我知道你正在调查手头上的一件案子,你不喜欢在这个时候被别的事打断。"

"噢,你说的是格罗夫纳广场上的那辆装载家具的车吗?那只是件微不足道的小案子罢了。现在我已经把它摆平了,实际上,我第一次去时就弄清楚了。现在,请你说说你在报纸上找到的东西吧。"

"这是第一篇关于婚礼的报道,我在《晨报》的一个私人专栏里找到的,时间大约是在几周前。报纸上说:据传,近期巴尔莫勒尔公爵的次子罗伯特·圣西蒙勋爵将和来自美国圣弗朗西斯科的阿洛伊修斯·多兰先生的独女海蒂·多兰小姐举办婚礼。没有了。"

"简洁一些，说些有用的，"福尔摩斯说，接着将两条修长的腿伸向壁炉边。

"在一份同周出版的《社会报》上刊登了一篇详细报道，我念给你听。"

英国不久就会有人呼吁对婚姻市场提供保护了，因为目前的自由择偶原则已经对我们国内的待婚女性造成了很大的影响。大不列颠的贵族世家的公子们，一个又一个，开始把他们求婚的手伸到了大西洋彼岸的美国去了。最近又有一个非常重要的人物，加入这群由迷人的入侵者组成的联姻行列中去了。圣西蒙勋爵，在拒绝了爱神丘比特之箭达二十年之久后，最近宣布要和海蒂·多兰小姐成婚了，新娘是一位加利福尼亚州百万富翁的女儿。多兰小姐是一名独生女，这位身材与美貌俱佳的女子在西伯雷的家宴中备受关注，目前据称预期她陪嫁的财物将会超过六位数。众所周知，巴尔莫勒尔公爵在最近几年已经被迫出售自己的藏画，所以圣西蒙勋爵除了在比彻摩尔拥有的一个庄园外，已没有什么拿得出手的财产，所以很明显，在这场婚姻中，虽然这位来自加州的女继承人可以不费周章地从普通美国公民摇身一变成为贵族夫人，但我们的伯爵也会得到诸多的好处。

"还有别的吗？"福尔摩斯打着呵欠说。

"噢，当然，还有很多。《早报》上有另一篇报道说，婚礼将会低调地进行，宴会的地点在圣乔治·汉诺威广场，只有不到一半的亲友收到了邀请函，然后宴会将会转去兰卡斯特路上的一幢房子里继续举行，房子的主人就是阿洛伊修斯·多兰先生。两天后，就是上周的星期三，报纸上刊登了一篇简要的声明，称婚礼已经举行完毕，两人将会去彼得菲尔德附近的贝克瓦特勋爵的领地度蜜月。这些就是新娘失踪前所有的报道了。"

"在什么之前？"福尔摩斯问道。

"新娘失踪之前。"

"这是什么时候的事？"

"是在婚礼那天的早饭时间。"

"好吧，这确实是件非常有意思的事，听起来还挺有戏剧性的。"

"是的，我觉得这事确实不常见。"

"通常新娘或新郎会在婚礼上，或者度蜜月的时候逃婚，但是我还没有听过婚礼还没开始就消失的事。请你说些具体的细节。"

"我得提前声明，这些报纸上写的只是一部分而已。"

"或许我们要把这些信息筛选一下，挑出有用的。"

"确实得这样，昨天的《晨报》上登了一篇文章，我念给你听听。

它的题目是：时髦婚礼中的怪异事件。"

罗伯特·圣西蒙勋爵的婚礼上发生了一件奇怪的小插曲，使得勋爵一家惊慌失措。根据昨天报纸上的消息，伯爵的婚礼将在今日一早举行，关于婚礼间发生的传闻已经闹得沸沸扬扬，直到目前这一传闻得到了证实。尽管所有的朋友都尽力想要平息这个事件，但是它已经引起了社会公众的大量关注，如果放任舆论肆意宣扬，最后肯定会造成不好的影响。

本次在圣乔治·汉诺威广场举行的婚礼庆典只有寥寥几人出席，显得非常安静，在场的人有新娘的父亲阿洛伊修斯先生、巴尔莫勒尔公爵夫人、贝克瓦特勋爵、尤斯塔斯勋爵和圣西蒙夫人，还有艾丽卡·惠廷顿夫人。接着整个婚宴转到阿洛伊修斯·多兰先生的家里举行，众人将会在那里用早饭。不过，一个女人给婚礼制造了点麻烦，目前还不知道她的名字。她混进了婚宴，宣称要向新郎索取赔偿。在大闹了一场后，她被管家和侍从驱逐出了婚礼。

幸运的是，新娘此前在吃早饭时说有点不舒服，已进入房间休息，所以正巧错过了这场不愉快的插曲。但是之后新娘迟迟未露面，导致亲友开始猜疑，之后她的父亲去了她的房间，却被女仆告知女主人在房间待了一会儿，就穿着大衣、戴上帽子匆忙地离开了。与此同时，一位侍者看到一位女士离开了房子,但没有看清楚是不是自己的女主人。在确定自己的女儿失踪后,多兰先生协助新郎立即报了警,之后警方开展了全面的调查,力图尽快解决这件非同寻常的案子。然而几小时后,新娘依然杳无音讯。了解到婚礼上出现的意外后,警方已经逮捕了那名制造混乱的女人,警方认为这个女人出于嫉妒或者其他的动机,与新娘的失踪有莫大的关系。

"另一张《晨报》上也刊登了一小篇,不过这篇还有点用。"

"写的什么?"

"那个大闹伯爵婚礼的女人,叫弗洛拉·马拉尔,已经确定被警方逮捕了。马拉尔之前是一个芭蕾舞演员,几年前和新郎相识。除此之外没有什么了,这些就是目前为止在媒体上出现的文章。"

"这件事变得非常有趣了,我一定不能错过这个机会。门铃响了,现在刚刚过了四点,我觉得是我们的贵族顾客到了。你可不要想着置身事外啊,华生,我想要你做我断案的目击者。"

"罗伯特·圣西蒙勋爵到了。"我们的小男仆喊了一声,接着推开了房门。一位绅士走了进来,仪表端庄,看起来十分有修养。鼻子高挺,嘴唇苍白,透出一股急躁的情绪。他目光沉着,大眼炯炯有神,看来是个习惯于发号施令的人。他举止敏捷,但是整个人看起来和年龄有些不符。他的背已经有些微驼,走路的时候膝盖一拐一拐的,当他拿下头上的那顶卷边帽子后,露出了花白的、少得可怜的头发。至于他的穿着，衬衣的领子高高地竖起，黑色男大衣里面裹着一件白色马甲，手上戴着一副黄色手套，脚蹬一双订制的亮色皮鞋，很是奢华。他站在房门前，慢慢地走进屋子里，不停地左顾右看，右手一直甩动着用来系纯金眼镜的细链子。

"您好，圣西蒙勋爵，"福尔摩斯边说边站起身来鞠了一躬，"请坐在那张藤椅上吧。这位是我的朋友，也是我的搭档，华生医生。华生，把火烧得旺一些，我们开始说说您的问题吧。"

"你应该可以想到，这件事对我来说真的是极大的痛苦。福尔摩斯先生，我直入主题吧。我知道您之前处理过几件类似的案子，不过我想您以前的客户应该都是些一般人吧。"

"不，应该是您比较一般一些。"

"你说什么！"

"我的前任委托人是一位国王。"

"噢！真的吗？我不知道，是哪位国王呢？"

"斯堪的纳维亚的国王。"

"什么！难道他的妻子也失踪了？"

"请您理解，"福尔摩斯温和地说，"我对所有的客户都承诺过，要对他们的事保守秘密，对你也一样。"

"当然！你说得很对！非常对！对极了！关于我的案子，我会有问必答，满足您的任何要求。"

"谢谢您。我已经事先看过报纸，了解了这件事的来龙去脉。我暂且相信报纸上的话,这儿有一篇文章,写的是新娘的失踪。"

圣西蒙看了一眼后说:"是的,这篇报道的内容属实。"

"不过在我做出推断之前,必须还要掌握其他更多的信息。我觉得为了省事起见,我提出疑问您来回答吧。"

"可以。"

"您第一次遇见海蒂·多兰小姐是在什么时候?"

"一年前,在圣弗朗西斯科。"

"您去那里旅行吗?"

"是的。"

"之后你们就订婚了?"

"没有。"

"你们成了好朋友?"

"和她交往我很高兴,她也能看出我很高兴。"

"她的父亲很有钱吗?"

"人们说他是太平洋地区最有钱的人了。"

"他怎么赚钱呢?"

"开矿。几年前他还一无所有,然后他挖到了金子,从此矿产生意一日千里。"

"您认为自己的妻子是个什么样的人呢?"

这位贵族男人看着火炉,手上的眼镜链甩得更快了一些。"福尔摩斯先生,"他说,"我的妻子在她父亲成为富翁的那年已经二十岁了。在此之前，她一直在矿区的营地和山林中自由自在地生活，无拘无束地游荡。大自然养育了她，教育了她。所以她就像我们口中所说的假小子一样，生性坚强，有些野但是自由，脱离传统，无拘无束。我想说，她就是一座活火山，一旦决定了一件事，就会不顾一切地按自己的意愿做下去。另一方面，如果我不是觉得她内里是一个高贵的女人，"他咳了一声继续说道，"我是不会娶她做妻子的。我相信她身上有英勇的自我牺牲精神，她绝不会做任何有损自己颜面的事。"

"您有她的照片吗？"

"我随身带着呢。"他打开了一个小盒子，我们看到一个长得非常可爱的女人的脸庞。盒子里装的不是相片，而是一个乳白色的小画像。那位画家使出浑身解数，细致逼真地勾勒出一位美女的轮廓：一头如瀑布般乌黑亮丽的长发，深邃的大眼睛，精致无比的樱桃小嘴。福尔摩斯拿着它认真地看了很长时间，然后合起盒子还给了勋爵。

"然后这个女人来了伦敦，你们又重逢了？"

"是的，去年她的父亲带她来了伦敦。我和她见过几次面，慢慢地爱上了她，直到现在娶了她。"

"我听说，她还带了一笔数目很可观的钱作嫁妆。"

"带嫁妆很平常，这在我的家族里不足为奇。"

"既然婚礼已成事实，这笔嫁妆理所当然应该归您。"

"我真的不在乎，也没去打听。"

"您自然不会在乎。在婚礼之前您见过多兰小姐吗？"

"见过。"

"她情绪好不好？"

"非常好。她一直不停地和我设想我们未来的生活。"

"好的，这真是太有趣了。那婚礼的那天早上呢？"

"她依然十分高兴，至少在婚礼仪式之前是这样的。"

"之后您观察到她有哪些变化吗？"

"说实话，那天我是第一次看见她有些生气，但是我觉得那件事太微不足道了，应该不会有什么影响。"

"请给我们说说整件事吧。"

"噢，她真是小孩子气。当我们在教堂的时候，她手里的花掉在了地上，那时候我们刚走过第一排的长凳，花滚到了长凳下面。大家愣了一下之后，一位坐在那里的绅士把花捡起来又送到了她手上，花束看起来也没有摔坏。但是当我问起她这件事的时候，她的话很生硬。之后在载我们回家的马车上，她看起来因为这件小事有些莫名的不安。"

"好的！您说长凳上坐了一位绅士。那当时也有一些普通群众在现场吗？"

"是的，教堂是对所有人开放的，所以我没有办法禁止他们入内。"

"这位绅士不是您妻子的朋友吧？"

"不是，不是，我是出于礼貌才称呼他为绅士，但他看起来就是个普通人。我没有注意他的相貌，不过我觉得我们扯得离题太远了。"

"圣西蒙夫人兴致勃勃地去参加婚礼，接着就无精打采地从婚礼宴会上回来了。她进了父亲的房间后做了什么？"

"我看到她在和自己的女仆说话。"

"她的女仆是谁？"

"她叫爱丽丝，也是个美国人，和主人一起从加州来到伦敦。"

"是她的心腹吗？"

"比这还要更要好一些。在我看来，她的女主人并不限制她的自由，当然美国人在这方面的想法可能和我们不一样。"

"她和爱丽丝说了多少时间话呢？"

"噢，几分钟吧，当时我正在想其他的事情。"

"您有没有听到她们说了什么？"

"圣西蒙夫人说了一些话，好像是关于强占采矿权的事。她习惯说一些美国的俚语，但我不太理解她的意思。"

"有些时候，美国俚语是非常形象化的。那您的妻子说完这些话后干什么去了？"

"她走进了吃早餐的那间屋子。"

"您和她一起进去的吗？"

"不，她自己去的，在类似的这些小事上她非常独立。之后，我们坐了大约十分钟的时间，她匆忙起身，含糊地说了些抱歉的话后就离开了。然后再也没回来。"

"但是，据这个叫爱丽丝的女仆说，她进了自己的房间，接着披上一件长外套，戴上一顶软帽就出去了。"

"确实如此。接着有人看到她和弗洛拉·马拉尔一起走进了海德公园,那个女人现在已经被拘留了,她也就是那个在早上大闹了婚礼的女人。"

"我觉得这个年轻的女人有些特别,你们两个是什么关系?"

圣西蒙伯爵耸了耸肩膀又扬了扬眉毛说:"我们是多年的好朋友,是非常友好的朋友关系。她过去住在阿莱格罗。我对她很慷慨,她也对我毫无抱怨。但是福尔摩斯先生,你知道女人是什么样的动物。对我来说,弗洛拉只是一个小玩物,但她却热切过了头,一心一意地黏上了我。当她听说我要结婚的时候,写了几封恐吓信给我。说实话,我想悄悄地举行婚礼就是害怕在教堂里会发生些什么意外,成为人尽皆知的丑闻。我们刚到达多兰先生的房子,她就推开门进来了,开始辱骂我的妻子,甚至出言恐吓。但是我之前已经预料到了可能会发生这样的事情,所以我请了两位便衣警察,他们马上就把她推出了房间。她看到这样闹下去不会有什么好结果之后就闭嘴了。"

"您的妻子听到她说的话了吗?"

"没有,感谢上帝,她没听见。"

"那之后有人看到她和这个捣乱的女人走在一起?"

"是的,苏格兰场的雷斯垂德警长认为这是个非常重要的线索。他认为弗洛拉把我的妻子骗了出来,把她引到自己的陷阱里去了。"

"好吧,这只是一种可能。"

"你也这么想吗?"

"我只能说有这种可能。您自己是怎么看这件事的呢?"

"弗洛拉连一只飞虫都不会伤害的。"

"不过,妒忌也可能会改变一个人的性格。您怎么看这件事呢?"

"嗯,实际上,我想我是来找解决问题的方法,而不是来不断地回答'你是怎么看的'!我已经把一切都告诉你了。既然你问我,不管怎样,我觉得婚礼可能使我的妻子有些激动,同时她也为自己的社会地位有所提高而感到欣喜,这两种情绪交织在一起,使她精神一时有些混乱。"

"简而言之,就是她突然变得精神错乱了?"

"是的。想到她抛弃了——我不是说我——那么多女人热切地想得到而得不到的。我想不出其他行得通的解释了。"

"好吧,这确实也是一种可能的假设,"福尔摩斯笑着说,"现在,圣西蒙勋爵,我认为我已经差不多掌握一切了。我能不能问一句,吃早餐的时候你们坐的位置能否看到窗外呢?"

"我们可以看到马路的另一边和一个公园。"

"的确是这样。我觉得您可以离开了,我会再联系您的。"

"你真的能够解决这件事吗?"我们的客人起身问道。

"我已经找到答案了。"

"啊?你说什么?"

"我说我已经找到答案了。"

"那我的妻子在哪儿呢?"

"我很快就能告诉您了。"

圣西蒙勋爵摇了摇头。"恐怕像你我这样的脑子,是想不出答案的。"他按照老式的礼仪,高贵地躬了躬身子离开了。

"圣西蒙勋爵把我的大脑和他的相提并论,真是我莫大的荣幸啊,"福尔摩斯大笑着说,"想通了这些错综复杂的问题,我觉得我得喝杯加苏打水的威士忌,再吸一根雪茄歇一歇了。其实在我们的客人进门之前,我就已经分析出这件案子的答案了。"

"亲爱的福尔摩斯啊!"

"我曾经处理过几桩类似的案子,尽管以前从没有像这次一样,立马就找出了答案。刚刚对勋爵的提问,已经让我确信自己的猜测是对的。旁证偶尔也是很有说服力的,引用梭罗的一句话:'就像是你从牛奶里找出了一条鳟鱼一样。'"

"但是你听到的一切我也听到了啊。"

"尽管如此,但是你没有我以前处理案子的经验。几年前,在阿伯丁发生过一起类似的案件,普法战争后在慕尼黑也有一起几乎一样的例子,这些只是其中的一部分——但是,嘿,这不是雷斯垂德吗,下午好,雷斯垂德!餐具柜里还有一个平底杯,你自己拿吧,盒子里有雪茄。"

这位官方侦探穿着一件夹克,打着领结,打扮得像个船员,他提着一个黑色的大帆布袋子走了进来。简短地打了一个招呼后就自己坐了下来,点了一根雪茄。

"怎么了?"福尔摩斯眼中闪着光,问道,"你看起来心情不好。"

"我的心情非常不好,圣西蒙的案子太棘手了。"

"真的吗?听你这么说我倒是很惊讶。"

"谁听说过这么复杂的案子啊?我仔细地分析了每一条线索,已经工作了一整天了。"

"你看起来浑身都湿透了。"福尔摩斯把手放在他的肩膀上。

"是的,我一直在塞彭廷湖打捞。"

"为什么?"

"为了寻找圣西蒙夫人的踪迹。"

福尔摩斯躺回到椅子里,大笑了起来。

"你没去特拉法加广场里的喷泉池打捞吧?"

"为什么?你说的是什么意思?"

"因为能在那里找到这位夫人踪迹的概率和这里一样高。"

雷斯垂德生气地看了我的搭档一眼。"我想你肯定知道这件事。"他咆哮道。

"好吧,我只是凑巧刚刚听到这件事,不过我已经找到答案了。"

"噢,真的!那你觉得这件事与塞彭廷湖有关吗?"

"我看没有。"

"那你或许可以解释一下我们是怎么找到这些的?"他打开来时带的袋子,把东西倒在了地板上,一件波纹绸的婚纱,一双白色的鞋,一个花冠和面纱,所有东西都被水浸得变了颜色。"还有。"他说,接着把一枚婚戒放在了桌子的绒布上，"福尔摩斯大师，这儿有些小事需要你解释一下"。

"噢，真的！"我的朋友说，他把婚戒拿到半空中吹了吹。"这些东西都是在塞彭廷湖捞到的？"

"不是，一位公园的看门人帮我找到了它们，它们就在水池里漂着。这件衣服已经确定就是那位夫人的，我想如果衣服在这儿，那她本人应该也不会走太远。"

"那照你这么说，每个男人都会在自己的衣柜旁边出现了。你从这些东西里看出了什么呢？"

"一些可以暗示弗洛拉·马拉尔与失踪案有关的证据。"

"恐怕你会毫无所获。"

"哦，真的吗？"雷斯垂德苦恼地大喊，"恐怕，这次你的推理和论断没有那么神准了吧。刚刚的几分钟里，你已经犯了两个错误了。这件婚纱牵涉到了弗洛拉·马拉尔小姐。"

"怎么说呢？"

"婚纱里有个口袋，里面有一张纸片，上面写着一些字。他把那张纸片拍在了福尔摩斯面前的桌子上。上面写着：

你见到我的时候，一切就准备就绪了。请立刻来找我。
F.H.M

"现在我的推断是，圣西蒙伯爵夫人被弗洛拉·马拉尔拐跑了，她和她的同谋肯定就是导致伯爵夫人失踪的元凶。看，这就是那张用她名字的起首字母签署的便条，一定是她在门口悄悄地把纸片塞给了伯爵夫人，然后一切准备就绪之后，把她给骗了出来。"

"非常好，雷斯垂德，"福尔摩斯大笑着说，"你确实很厉害，让我看看它。"他懒洋洋地拿起纸片，但看了一眼之后，他的眼神瞬间专注了起来，接着满意地打了一个呵欠。"这张纸确实很重要。"他说。

"哈哈，你也发现了吗？"

"是极其重要，我诚挚地祝贺你。"

雷斯垂德如同一个胜利者一般，站起身把头伸过去看了一眼。"怎么回事？"他尖叫道，"你看反了！"

"正好相反，这面才是正确的一面。"

"正确的面？你疯了吧，用铅笔写的字在另一面啊。"

"这一面看起来是一个酒店的消费账单，但这正是我非常感兴趣的地方。"

"这一面什么都没有。我早就看过了。"雷斯垂德说。

"10月4日，房费八美元、早餐二点六美元、鸡尾酒一美元、午饭二点六美元、雪莉酒零点八美元。除此之外我什么也没看到啊。"

"不是这样的，这恰恰是非常重要的信息。至于另一面的便条，当然也同样重要，至少他的首字母很关键，所以我再次祝贺你了。"

"我已经浪费了不少时间了，"雷斯垂德说，"我应该去努力工作了，而不是坐在这里和你讨论什么好听的理论。再见了，福尔摩斯，就让我们看看是谁先找到答案吧。"他把地上的衣服都收到了袋子里，接着打开门准备离开。

"给你一个提示，雷斯垂德，"福尔摩斯在他的对手出门前拉长声音说，"我会告诉你解决这件事的正确方法。圣西蒙夫人只是一个虚构的人物。这个人从来都没有存在过。"

雷斯垂德悲伤地看了看我的搭档，接着转头看了看我，又用手指敲了三下额头，然后郑重其事地离开了。

他刚关上门离开，福尔摩斯就立马站起来穿上了大衣准备出门。"这个家伙拿来的东西里有些新的信息，"他说，"所以华生，我得离开你一会儿了，你先看会儿报纸吧。"

夏洛克走的时候已经五点多了，但是我并没有独自待多长时间。因为，几十分钟后，一个点心店的伙计带着一个大盒子站在了门口。他和他带的帮手一起把盒子打开，在我十足的惊讶中，把一顿丰盛的晚餐全部放到了我们这间小房子的红木地板上。这些食物里有一对凉了的烤丘鹬，一只熟野鸡，一块鹅肝和几瓶酒。把所有的东西都放下后，这两个人立马就告辞了，就像是一千零一夜中的魔仆一样，只说了句这些东西已经付过钱了，他们是按要求送到这里来的。

快九点钟的时候，夏洛克神采奕奕地走了进来。他一脸的肃穆，不过我从他眼中闪动的亮光可以看出来，这一次他又证实了自己的推断。

"他们已经把晚餐送来了啊。"他搓着手说。

"你好像在等人,他们留下了一份足够五个人吃的食物。"

"是的,我想今晚会有几个人来我们这儿。"他说,"我很惊讶圣西蒙勋爵居然现在还没有到。哈!我想我听到他上楼的脚步声了。"

来者确实是下午慌乱无比地来找我们的那个人,他用力地甩着手中的眼镜链,贵气十足的脸上显露出十分烦躁不安的样子。

"您收到我送去的信了吧?"福尔摩斯说。

"是的,我承认你确实把我吓得不轻。你对你说的话有把握吗?"

"把握十足。"

圣西蒙勋爵瘫坐在沙发上,手掌扶着额头。

"如果让公爵知道自己的儿子竟然遭受了这样的耻辱,"他小声说,"他会怎么看这件事啊?"

"这纯粹是一个意外,我不认为这是有人在捣鬼。"

"啊,你是站在另一个角度看这个问题的。"

"我不认为有谁该被责备。我实在想不出,这个女人还有什么其他的路可选,虽然她的做法很唐突,也必须为此道歉。可她的母亲又不在她身边,没有任何人可以在突发状况下给她指点迷津。"

"这是对我的蔑视,先生,是公然的蔑视!"圣西蒙伯爵手指敲着桌面说。

"您必须宽恕这个可怜的女孩,因为她处在一个前所未有的境地。"

"我不会宽恕她的,我非常生气,我为此感到羞耻。"

"门铃响了,"福尔摩斯说,"是的,我听到了朝这儿来的脚步声。如果我不能说服您对她仁慈一些的话,圣西蒙勋爵,我还带了另一个人过来,他可能会说服您。"福尔摩斯打开了门,走进来了一位女士和一位绅士。"圣西蒙勋爵,"他说,"请允许我向您介绍弗朗西斯·H. 莫尔顿先生和夫人。这位夫人,我想你们已经见过面了。"

当看到这两位新来的客人后,勋爵立马就从沙发上站了起来,身子挺得笔直,垂着眼睛,双手抱在胸前,看起来一副非常生气的样子。那位夫人进了门之后,就快步朝他走了过来,向他伸出了手,但是他依然拒绝抬起眼睛。看来他已经下定决心不原谅她了,或许他是怕自己看到她的样子后狠不下心去继续生气。

"你生气了,罗伯特,"她说,"当然,我猜到了你肯定会因为这件事生气。"

"请不要对我道歉了。"圣西蒙勋爵伤心地说。

"噢,是的,我知道自己做得非常不对,我应该在离开之前先和你把事情说清楚。但是我太愚蠢了,当我看到弗兰克的时候我不知道要去做什么、说什么,整个人都懵了,幸好没有在圣坛前晕倒。"

"莫尔顿夫人,或许在你说这件事的时候,你希望我和我的搭档先离开一会儿吗?"

"我可以插句话吗?"那位陌生的绅士说,"关于这件事,我们已经隐藏得太多了。我个人认为,应该公之于众,让所有欧洲人和美国人都知道真相。"他是个头矮小、瘦而结实、皮肤晒得黝黑、面容冷峻,整个人机警谨慎。

"那接下来我就讲讲我们俩的故事,"那位女士说,"这是弗兰克,1884年,我们在驻扎在落基山脉附近的麦奎尔营地里初次相识,当时我爸爸在那里买地挖矿。然后我们就坠入了爱河,并定了婚约;但是不久我爸爸就挖到了金子,发了大财,可弗兰克的矿上却一无所获。爸爸的钱越赚越多,但弗兰克却越来越穷;所以最后爸爸不顾我们已经订下的婚约,把我送往了圣弗朗西斯科。尽管如此,弗兰克依然没有放弃,他一路跟着我,之后我们瞒着爸爸悄悄见了面,又重新约定了要在一起。弗兰克说,他要离开一段时间去赚取财富,到他和爸爸一样富有的时候他就会再回来找我。我也承诺这辈子都会等他,发誓除非他死了否则我绝不嫁人。'为什么我们不立刻就结婚呢?'他说,'这样我对你就放心了,在我回来之前我不会向任何人说你是我的妻子。'然后,我们就说好了,立刻结婚,他已经提前把所有的东西都准备妥当了,牧师都请好了,接着我们就在教堂里结了婚;之后弗兰克远走他乡去寻找财富,我则回到了爸爸的身边。

"接着关于弗兰克的消息不断地传回来,起初说他在蒙大拿州,然后说他去了亚利桑那州探矿,接着又说他去了新墨西哥。之后报纸上登了一篇很长的文章,是关于一个矿工居住的营地被印第安土著攻击的报道。当看到弗兰克的名字就在遇害人的名单里的时候,我感觉自己虚弱无力,就快要死了,接下来的几个月我一直卧床不起。爸爸认为我可能染上病了,带我看了圣弗朗西斯科几乎所有的医生。一年以后，就彻底没了弗兰克的音讯，所以我一直以为弗兰克真的死了。之后爸爸带我来到伦敦，在这里订了婚，爸爸非常高兴，但是这个世上任何人都取代不了我的穷小子弗兰克在我心里的位置。

"不过，如果我和圣西蒙勋爵结婚的话，我一定会尽到做妻子的责任。我们不能够掌控爱情，但是可以支配自己的行动。然后我就怀着做一个好妻子的愿望和他一起走向了圣坛，但是当我们俩走到圣坛前的时候，我向后瞥了一眼，竟然看到弗兰克就站在第一排的长凳前。他一直在看着我，你可以想象一下我当时心里的感受。起初我以为是看到了他的鬼魂，但是再看一眼，他还是站在那儿，眼神里夹杂着质问，好像是在问我看到他是该高兴还是该愧疚呢！我感觉周围开始天旋地转起来，还好我没有当场昏倒，牧师的话传到我耳中就像是一只蜜蜂在嗡嗡地叫。我不知道该怎么做，我应该终止这场婚礼，在教堂大闹一场吗？然后我又看了他一眼，他好像知道我在想什么，在嘴边竖起一根手指，示意我不要说话，让一切继续。之后我看到他在一张纸上快速地写着些什么，我知道那是他在给我写便条。所以在通过长凳的时候，我故意把花丢在了他的脚边，然后他把花束捡起来还给我，又神不知鬼不觉地把纸条塞到了我的手里。上面只写了一行字，要我在他把一切都准备妥当之后去找他。我一直没有忘记他才是我的原配丈夫，而我则是他的妻子，所以我下定决心听他的安排跟着他走。

"当我回到房间后我告诉了我的女仆刚刚看到了弗兰克，他们早在加州的时候就认识了，而且还是朋友。我命令她什么都不能说，只需要帮我收拾一些东西,并且把我的外套准备好。我知道我本应该去和圣西蒙勋爵把这件事说清楚,但当着他的母亲和亲朋好友的面我真的难以启齿。所以我下定决心先离开,以后再找机会解释。我在吃早饭的桌子旁边坐了还不到十分钟,就透过窗户看到弗兰克在街对面出现了。他向我挥了挥手,用手指了指公园的方向,接着自己也朝公园走去。我悄悄地溜了出来,穿上衣服就向他追了过去。有一个女人向我走过来,说要告诉我一些我以前没听过的秘闻,揭露圣西蒙勋爵婚前的丑事,当我设法摆脱了她之后不久就看到了弗兰克。然后我们坐上一辆马车,直接驶向他在戈登广场的住所,我等待了多年终于找到了我的新郎,完成了自己真正的婚礼。弗兰克说自己成了土著人的俘虏,之后设法逃了出来,然后去圣弗朗西斯科找我,却发现我相信他已经死了,搬家去了英国,接着他又一路找到这里,最后在我要举办第二次婚礼的早晨见到了我。"

"我在报纸上看到的消息,"那个美国人解释道,"上面写了名字、教堂,却没有写新娘的住所。"

"接着我和弗兰克商量我们该怎么办,弗兰克主张把这件事公之于众,但我对此心怀愧疚,想要就这样一走了之,或者给爸爸留下一张纸条,告诉他我还活着。一想到坐在早餐桌旁边所有的伯爵和夫人们都在等我回来,我就非常害怕。所以弗兰克把我的婚纱、鞋子,还有配饰全都捆到了一个包里,然后把它们扔到了一个谁也找不到的地方,这样就没人能发现我的踪迹了。我们本来打算明天就去巴黎,直到这位好心的绅士——福尔摩斯的出现。晚上他找到我们,我无论如何也想不到他是怎么找到我们的,接着他诚恳地跟我说,这件事确实是我做错了,弗兰克是对的,如果我们一直这么偷偷摸摸地下去,那就又犯了一个巨大的错误。然后他说给我们一个可以和圣西蒙勋爵单独谈话的机会,所以我们就立刻跟着他来到了这里。如果这件事对你造成了任何伤害,我真的非常抱歉,希望你不要把我想成一个卑鄙无比的人。"

圣西蒙勋爵一点儿也没有放松他那僵硬的姿势,听整个故事的时候一直皱着眉头,紧绷着嘴唇。

"对不起,"他说,"但我不习惯在公共场合处理私人问题。"

"那你就是不原谅我啦?我走之前你不要和我握一下手吗?"

"噢,当然,如果这能让你宽心一些的话。"他伸出了自己的手,冷冷地握了一下。

"我希望,"福尔摩斯建议道,"你们可以留在这里吃个晚饭,就当是朋友聚会。"

"我觉得你的要求有些过分了,"那位贵族说,"对于最近所发生的事,我只能勉强地默认了,但是我绝不会和他们一起谈话说笑的。如你所愿,我就祝福你们所有的人好好享受这个美好夜晚吧。"接着他一个转身,昂首挺胸,大步地离开了。

"我相信有我和我的搭档作陪,你们会感到高兴吧,"夏洛克·福尔摩斯对面前的这对夫妇说,"结交一个美国人总是件令人愉快的事,莫尔顿先生，我不是一个死守传统的人。那群老掉牙的荒唐君主们和愚笨的首相是怎么也阻止不了我们的下一代某一天成为整个世界大国的公民的，到时候那块土地上将飘着星条旗和米字旗镶嵌在一起的国旗。"

"这件案子的确很有趣，"在我们的客人都走后福尔摩斯说道，"因为这件案子非常清楚地告诉了我们一个再简单不过的道理，一开始令你感到费解的事情，在你更深入地调查后会变得多么简单。这个女人说完事情的经过后，所有的疑惑就都水落石出了。但对苏格兰场的雷斯垂德警长来说，没有什么能比这件事更奇怪的了。"

"所以，其实你根本就没有犯错，对不对？"

"刚开始的时候，有两点是非常明了的：一是这个女人非常愿意参加婚礼，二是她在家里只待了几分钟的时间就突然反悔了。很明显，那天早上肯定发生了什么事，让她改变了主意。那会是什么事呢？她去房间的路上没有和任何人交谈，因为新郎就在身边。那会是她看到了什么人吗？如果是，那肯定是个美国人，因为她来英国的时间太短了，所以一般的英国朋友肯定不会对她有如此大的影响，以至于只是看了一眼就立刻改变了主意。通过推理，你可以得出结论，她一定是看到了一个美国人。那么那个美国人是谁呢？为什么他对她会有如此大的影响力？所以他或许是她的爱人，也有可能是她的丈夫。据我所知，这个女人之前一直在野外艰苦的环境下生活——这些都是我在听圣西蒙勋爵的自述之前的猜想。他说到长凳边有个男人，新娘神色的突变,她为了要在捡起花束的时候拿到纸片所设计的明显伎俩。接着她向自己的心腹女仆求助,因为她话里的那句强占采矿权明显是有所暗示的,这句话在矿工们嘴里的意思是:强占别人已经优先约定好的东西。那么整件事情就一清二楚了——她曾经和一个男人相处过,这个男人可能是她的爱人,也可能他们已经私下里结过婚了,照情况看后者的可能性更大一些。"

"你是怎么找到他们的呢?"

"之前还有点小障碍,不过我们的朋友雷斯垂德把手里的宝贝拱手让给了我,他完全不知道那张纸的价值。那上面的首字母,当然是非常重要的,但是比这更有价值的在背面的账单上,上面透露出这一周他一直住在伦敦最奢华的酒店里。"

"你是怎么推断出来的呢?"

"通过上面的价格。住一晚上需要八先令,一杯雪莉酒就要八便士,这说明这是家非常昂贵高档的酒店,在伦敦收费达到这个价格的酒店没有几家。我在诺伯兰郡大街走访的第二家酒店的登记册上,发现了有个美国来的弗朗西斯·H.莫尔顿先生在一天前刚刚离开,我又找出他在酒店的消费信息,发现和之前看到的那张纸条上写的完全一样。我还查到他的信被寄往了戈登广场226号别墅,所以我直接去了那儿,很幸运地看到他们俩都在。然后我冒昧地给他们提了一些建议,向他们指明他们应该向社会、尤其是圣西蒙勋爵公开真相,这是一个比较好的解决办法。我又邀请他们来这里,之后的你也看到了,他说出了真相。"

"但是结果并非皆大欢喜，"我说，"伯爵的话并不和善。"

"啊，华生，"福尔摩斯笑着说，"换做是你的话，两个人都快成婚了又横空生出这么多的事端，还让你人财两空，恐怕你也不会太和善吧。我觉得圣西蒙勋爵已经非常仁慈了。感谢上帝，还好没让我们遇到这样的事啊！你挪一下椅子把我的小提琴递过来，现在唯一需要解决的事情就是，我们该怎么打发时间，度过这个寒冷的秋夜啊。"

绿宝石皇冠历险记

SHERLOCK

一个冬天的清晨我站在窗边看着外面的街道，"快看，福尔摩斯，路上出现了一个疯子，这么冷的天他家里人竟然还让他出来了，真可怜。"

我的朋友懒懒地从扶手椅上站起身来，两只手插在睡袍的口袋里，无精打采地越过我的肩膀向外看了看。那是个干冷的二月份的清晨，前一天下了一场雪，现在天气刚转晴，残雪还铺洒在地面上，在阳光下闪烁着点点光亮。贝克街马路中间的积雪被推到了路的两侧，像是水面被一艘乘风破浪前行的船驶过一样，形成了两条棕色的易碎的雪带，但是在另一边狭窄的小路上，积雪仍然堆积在原处，保持着刚落下来时的样子。灰色的人行道已经被人清理过了，粘在地表的雪也被刮掉了，但是仍然非常滑，所以路上只有寥寥的几个人。事实上，从都市车站方向到贝克街的这条路上，只有一个人。他行为古怪，引起了我的注意。

那人大概五十岁左右，但是又高又胖，一脸的横肉，整个人看起来十分威严，很是惹人注意。他穿了一身暗色的套装，不过一看就知道很值钱。他披着一件黑色的男式大衣，头戴一顶亮色的帽子，脚穿一双干净的棕色橡胶靴，下身穿着灰珍珠色的裤子，裁剪得很合身。但是这个男人的举止却和他奢华的穿着以及威严的外表形成了鲜明的对比。他奋力地向前跑，并不时地跳一跳，看起来像是一个疲倦不堪的人想减轻些腿的负担，他甩动着双手跑得很快，头不住地左顾右看，像是在寻找什么，脸上的表情有些扭曲，看起来十分痛苦的样子。

"他到底遇到了什么事啊？"我说，"他不停地盯着房子上的号码牌看。"

"我觉得他是来找我们的。"福尔摩斯抱着手臂说道。

"来这儿？"

"是的，我期待他是来请教一些与我专业有关的问题。我已经看出一点征兆了。哈！我没和你说吗？"

他正说着的时候，那个男人喘着粗气，冲到了我们的门前，把门铃拉得响彻整座房子。

几分钟后那个男人走进了屋子，仍然气喘不止，不停地向我们打手势，但是当看到他眼神中流露出的悲伤和绝望时，我们立刻转喜为悲，心里有几分震惊。有那么一会儿，他喘得都说不出话来，但是他不停地晃动着身体，拉扯自己的头发，好像想要把脑子里的想法逼出来一样。接着，他突然跳了起来，不停地用头使劲地撞击墙壁，我们立刻冲上前制止了他,把他从墙壁旁边拉了回来。夏洛克·福尔摩斯把他推到一张安乐椅上坐下,自己则坐在他的旁边,轻轻地拍打着他的手背,轻声地安慰他,努力地帮助他控制住情绪。

"你来找我是想告诉我你的故事,不是吗?"他说,"匆匆走了一路,你一定很累了。先坐在这里恢复下精神,然后我会很乐意地听你讲任何事。"

那个男人坐在那里,大口地喘着气,胸部一起一伏,慢慢地冷静了下来。一分多钟之后,他拿出手绢擦了擦额头上的汗,嘴唇也不再颤抖,转过身来看向我们。

"你们一定把我当成疯子了吧?"

"我看得出来你遇到了很大的麻烦。"福尔摩斯回答道。

"只有上帝才知道我遇见了什么事!这个大麻烦来得太突然了,几乎让我失去了理智。我可能会因此受到公众的指责,这将会是我人生的耻辱,而我又是个一辈子都不想生出哪怕一个污点的人。每个人都可能会有自己的痛苦,但是如果这两件事情一起落到了你身上,那该是一件多么可怕的事啊,我已经被吓得魂不守舍了。可祸不单行,除了我,这片土地上最高贵的那个人恐怕也会被我牵连,除非有人能解决了这件事。"

"镇静下来,先生,"福尔摩斯说,"慢慢说,让我知道你是谁,你身上到底发生了什么事。"

"我的名字——"我们的客人说,"你们听着可能会有些耳熟。

我是德黑尔尼德大街上的亚历山大·霍尔德,是霍尔德·斯蒂文森银行的老板。"

我们对这个名字确实一点也不陌生,他是伦敦第二大私人银行的老板。那到底发生了什么事,使得这位在伦敦声名显赫的人变得如此可怜?我们充满好奇地等待着,他恢复了一点精神后开始讲自己的故事。

我一直认为时间就是金钱,这也就是为什么,在那位巡查员告诉我应该来找你之后我立即就赶了过来。我坐地铁来到贝克街,由于刚下完雪马车会走得很慢,所以我又一路跑了过来。我以前很少锻炼,也就难免会喘不过气来。现在我感觉好多了,我会尽可能简短明了地把这件事讲给你们听。

大家都知道,想要把银行生意做大,必须要不断增加客户的数量,吸纳储蓄,然后再用这些钱去投资,以此来获取丰厚的报酬。我们银行最赚钱的方式就是向外贷款,而且一直都是百分之一百的安全可靠。过去的几年里,我们已经做成了不少笔生意,正是因为我们对客户的名字、相貌等一切信息都严格保密,所以不少贵族世家成了我们的客户。

昨天早上,我正坐在银行办公室里的时候,一位下属带着一张名片走了进来。当看到上面的名字的时候,我就震惊了,因为这不是别人,即使是对你们,我也只能说这个人不仅仅是家喻户晓,他还是英格兰地位最高、最尊贵的人。当时我就被这份荣幸感动得无以言表,正准备在他进来之后表达一下心中的感激之情,他却直接开口说出了来意，像是急于想得到银行的批准。

"霍尔德先生，"他说，"我了解到你经营贷款业务。"

"如果抵押品有价值的话，我们都会办理。"我回答。

"这件事对我很重要，"他说，"我急需五万英镑。当然了，我本来可以从朋友那里借到，就算是比这多十倍都没任何问题，但是我更愿意把它看成是一笔生意，我想自己来做这笔生意。可你知道，像我这样身份的人，如果向银行申请借钱，并不是个明智的选择。"

"我可以问一下，您想什么时候拿到这笔钱呢？"我问道。

"下周一会有一笔钱转到我的账户，到时候我可以按照你说的利息，连本带利一起还给你。但是我想现在立刻就能拿到这笔钱。"

"这件事不用银行审理，我可以以个人的名义马上就给您这笔钱，能为您效劳是我的荣幸，"我说，"我完全负担得起。另外，如果我是以公司的名义贷款给您的话，我也会公平公正地采取所有贷款保险措施。"

"这样就最好不过了，"他说道，接着从椅子旁边提起了一个正方形的黑色摩洛哥式的小箱子，"你肯定听说过绿宝石皇冠吧。"

"它是皇室现有的最珍贵的公共财产之一。"我说。

"是的！"他打开箱子，柔软的天鹅绒里放着的正是他说的那件顶级的珍宝。"皇冠上有三十九颗极其珍贵的绿宝石，"他说，"就连上面的黄金雕镂也是无价的。这顶皇冠的最低估价都是我所借的两倍之多了，我打算把它放在这里做抵押。"

我用手接过那个珍贵无比的箱子，有些困惑地看着我这位最尊贵的客户。

"你怀疑它的价值吗?"他问。

"一点也不,我只是在想——"

"我差不多要离开了,你尽管放心,四天后我一定会回来取的,如果我对此没把握的话是绝对不会这样做的。这就是笔纯粹的生意,用它来抵押够吗?"

"够了够了。"

"你要知道,霍尔德先生,正是因为听说你一直以来诚实守信,我才放心把这件东西交给你。我不仅要你小心谨慎地处理这件事,不要让任何人说一句闲话,而且还要倾尽全力地保管好这件东西,因为不用我说你也肯定知道,如果这件东西出现了任何损坏,都将会引发一场极大的公众丑闻。任何一丁点的损坏就将和整件东西丢了一样严重,因为世界上再也找不到相同的绿宝石了,一旦损坏就没有办法修好了。我把它放在你这儿,因为我百分百地相信你,周一早上我会亲自来取它。"

看到我的客户急于想离开,我没再多说一句话,直接把银行的出纳员叫了过来,给他开了一张五万元的支票。然后办公室里又只剩下我一个人,当然,面前的桌子上多出了一个箱子。我忍不住去想这个箱子的价值,它让我感觉无比不安。毫无疑问,如果这件国宝出了任何问题,那接下来必定会引起一场轩然大波,所以我小心地把它放到自己的保险柜里锁好,然后继续开始工作。

晚上的时候,我觉得把这件这么宝贵的东西留在办公室里有些不妥。银行的保险柜都被盗窃过,更何况是我的呢?如果发生了什么意外,那我就完了!所以,我决定要随身带着这个箱子,让它一步也不离开我的视线。下定决心后,我就带着箱子坐上一辆马车,向斯垂汉姆的家里驶去。

现在我向你介绍一下我的家庭情况,福尔摩斯先生,这样你就能掌握所有的情况了。我的马夫和侍从都不住在我家里,我家里有三个已经为我工作了很多年的女仆,绝对可靠。除此之外还有一个二等女仆,露西,刚来我家几个月,她是个优秀的人,而且办事也让我非常满意。她长得挺漂亮的,还得到过几个偶尔来我家做客的人的倾慕,这是我发现她身上唯一的缺点,但是从各方面来看我们大家都认为她是个好女孩。

除了用人之外,我的家庭情况很简单,不需要花多少时间就能说完了。我的妻子早年死了,我没有再婚,现在单身,膝下只有一个儿子,名叫阿瑟。不过他让我失望透了,福尔摩斯先生,非常失望。毫无疑问我自己应该对此承担责任。人们都说是我把他给宠坏了,我确实把他给宠坏了。我深爱的妻子死后,我把他看成是我的全部。只要他一不高兴,我就会想办法取悦他,满足他所有的要求。如果我过去对他严厉一些的话,他就会比现在好多了,如果我严厉一些或许对我们俩都有好处,但我的本意确实是好的。

按照我的想法,他自然应该继承我的事业进入银行界,但是他根本不是做生意的那块料,他不仅办事荒唐而且刚愎自用,说实话,我不放心把这么大一份家业交给他。他年轻的时候加入了一家贵族俱乐部，很快就和一群有着大把钱财、习惯奢侈生活的年轻人成了朋友。他学会了透支自己的账户，把钱都挥霍在赛马上。之后他一次又一次地来找我，求我借给他些钱，这样他就可以把账还上了。他曾不止一次地想要摆脱这个危险的行当，但是每次他的一个朋友，乔治·本威尔都会再次把他拉下水。

说实话，我的儿子会对像乔治先生这样的人言听计从，我一点也不惊奇。因为我的儿子曾经带他来过我家，他确实有很大的魅力，连我都无法抗拒。他比阿瑟年长，是个玩世不恭的人，他哪儿都去过，什么都看过，说话幽默风趣，有很强的人格魅力。但是当我把他的魅力放在一边，冷静下来观察他的时候，他说的那些愤世嫉俗的话和眼睛里隐藏的东西，都让我坚信根本不能相信这个人。我是这么看这个人的，而我的小玛丽也和我想的一样，她与生俱来就有一股女人精准的洞察力。

现在只剩玛丽还没有介绍了，她本来是我的侄女，但是五年前，我的哥哥死了，把她一个人留在了世上，所以我收养了她，把她当自己的女儿一样抚养。她就是我们家的小太阳——贴心、可爱、漂亮，还是家里的大管家，但是她依旧非常温柔，举止优雅也很安静。她是我的左右手，我离不开她。她只在一件事上忤逆了我的意愿，我的儿子一心一意地爱上了她，曾两次向她求婚，但每次都被她拒绝了。我觉得如果世上有一个人可以把我的儿子引上正途的话，那肯定就是她了，这桩婚姻可能会改变他的一生，但现在，唉！太晚了——永远都不可能了！

现在，福尔摩斯先生，你知道了我家里的人，那我接着说这件悲惨的事。

那天晚饭后，我们三个人一起坐在画室里喝茶，我把白天的经历告诉了阿瑟和玛丽。和以前一样，除了客户的名字，我把其他的一切都和我的家人说了。我确定那晚是露西端来的咖啡，但是我不知道是否隔墙有耳。阿瑟听后对那顶皇冠非常感兴趣，说想要看一看，但我认为最好还是不要让人看到它。

"你把它放在哪儿了？"阿瑟问。

"在写字台的抽屉里。"

"好吧，我希望咱们家今晚可不要遇上入室盗窃。"他说。

"我把它锁起来了。"我说。

"噢！随便一把旧钥匙就能打开它。我小时候就曾用衣柜的钥匙打开过它。"

他总是说些不着边际的话，所以我也没有太在意。他跟着我来到了我的房间，但是那晚他看起来有些不寻常，一脸的庄重。

"爸爸，"他垂下眼皮说，"你能再借给我两百英镑吗？"

"不，不能！"我很大声地回答他，"过去在钱这方面，我对你纵容得已经够多了。"

"你过去一直对我很好的，"他说，"但是我必须得借到这笔钱，否则就没法在俱乐部里见人了。"

"那真是太好了！"我吼道。

"是的，但是你不会眼看着我名誉扫地都不管吧，"他说，"我不能忍受这样的耻辱。我必须得拿到这笔钱，如果你不借给我的话，那我只好再找其他的出路了。"

当时我真的很生气，我对他吼道："这已经是你这个月第三次来找我要钱了，以后你休想再从我这儿拿走一个铜板。"他听完后朝我鞠了一躬，一句话也没说就直接离开了。

他走后，我把抽屉打开，确认了东西的安全后，就又把它锁上了。然后我在房子里转了转确保一切安全，通常这件事都是交给玛丽去做的，但是那晚我觉得自己得亲自检查一遍才能放心。我下楼后，看到玛丽独自站在大厅一侧的一扇窗户前，当我走近的时候，她立马就把窗户关上锁好了。

"爸爸，"她看起来有些不安地说，"你允许我们的女仆露西晚上出门了吗？"

"当然没有。"

"她刚刚从后门进来，无疑是去了侧门见某个人，但是我觉得不安全，就把她叫了回来。"

"明天早上你一定要好好说说她，或者由我来说。你确定门窗都关好了吗？"

"非常确定，爸爸。"

"那就晚安啦。"我亲了她一下就回了卧室，然后很快就睡着了。

我尽力把和这件事相关的一切都告诉你，福尔摩斯先生，如果你有任何疑惑的地方，一定要问我。

"恰好相反，你说得很清晰明了。"

这个故事我已经讲了一半了，接下来的部分要特别详细地说一下。我平常睡觉都不会睡得很死，这次因为脑子里一直有股不安的感觉，所以那晚比起平时就睡得更浅了。深夜两点的时候，我被房子里的一阵声响惊醒了。在我完全清醒之前，房子里就传来了一阵声响，之后好像又隐约听见某处的窗户被轻轻关上的声音。我竖起耳朵仔细地听了听，突然隔壁的房间传来了轻柔的脚步声。我轻轻地下了床，身子在黑暗中不停地发抖，我溜到了更衣室门口的一个角落向里偷偷看了一眼。

"阿瑟！"我大叫道，"你这个坏蛋！你是贼！你怎么敢动那顶皇冠？"

我离开了藏身的角落，点燃了一盏灯，看到我的儿子，只穿着衬衫和裤子一脸生气地站在灯旁，手里拿着那顶皇冠。我大喊出声的时候，他似乎正用尽全身的力气想把那顶皇冠折弯，接着皇冠从他的手里掉落，他转过身子，脸色像死人一般惨白。我一把夺过皇冠，检查了一遍后发现在黄金骨架的一角有三颗绿宝石不见了。

"你这个流氓！"我狂怒地咆哮道，"你毁了它！你把我一辈子的名声都给毁了！你把偷来的宝石藏在哪儿了？"

"偷！"他大叫道。

"是的，你这个贼！"我咆哮着晃动着他的肩膀。

"什么都没少，不可能少了什么东西。"他说。

"皇冠上掉了三颗宝石。你一定知道它们在哪里。你还要我说你是个骗子吗？你这个贼！难道我没看到你试图掰一块下来吗？"

"你喊够了吗？"他说，"我不会再站在这里任你辱骂了。这件事，我不会对你解释一个字，因为你选择怀疑我，侮辱我。明天早上我就离开家，自立门户。"

"看来你是想让我把你交给警察了，"我无比悲痛地怒吼道，"我一定要把这件事查到底。"

"你休想从我嘴里问出一句话，"他大吼，看起来满脸的愤怒，好像我不该怀疑他的人格，"如果你想叫警察来，那就让他们来调查吧。"

因为我很生气，所以说话嗓门很大，使得整间房子都骚动了起来。玛丽第一个冲到了房里，看到我手里的皇冠和阿瑟的表情后，她猜到了整件事，然后尖叫一声晕倒在了地板上。我让女仆喊来了警察，然后把案子交到了他们手上。当巡视员和一名警察走进房间后，阿瑟双手就被铐了起来，他一脸不高兴地问我是否会指控他盗窃罪。我回答说这已经不是个人的私事了，这件事已经演变成了国家的事，因为这顶皇冠是公共财产。我下定决心要让至高无上的法律来处理这件事。

"至少，"他说，"你不要现在就逮捕我。如果我可以暂时离开这间房子五分钟的话，这对你对我都会是一件好事。"

"那你可能就跑了，你也可能会把偷的东西给藏起来。"我说。接着，我突然意识到自己处在十分糟糕的境地，我恳求他记住这件事不仅仅是关乎我的名声，这其中还牵涉到一位比我要重要十倍、高贵十倍的人。如果找不到宝石，将会引起一场举国动荡的轩然大波。但是他可以避免这场灾难的发生，只要他告诉我丢的那三颗宝石去哪儿了。

"你必须要承认事实，"我说，"你被我抓现行了，现在只有你自己承认才不至于犯下这个十恶不赦的大罪。如果你能及时地告诉我们东西在哪儿，挽回自己的罪行，作为补偿我会宽恕你，对过去的事既往不咎。"

"把你的宽恕留给那些求你的人吧。"他回答，然后冷笑了一声转身走得离我远了一些。我觉得他是要死不承认了，我说再多的话也没用了，那只有一种解决办法。我叫来了巡视员，要求把他拘留起来。警方立即就开始了搜查，从他的身上到这栋屋子里的每一个角落，凡是可能藏下宝石的地方都被翻了一遍，但是他们什么也没找到。那个卑鄙的男孩软硬不吃，任凭我们威胁恐吓，他还是一句话也不说。今天早上，他已经被移送往一间监狱了，在警局办完了所有的手续后，我就急忙赶到你这儿来了，想请你出手来破解这件案子。警察已经坦白地和我说，他们目前是无能为力了。你可以任意开一个你觉得合适的价格，我已经拿出了一千英镑的奖金作为悬赏。上帝啊，我该怎么办！这一夜之间，我不仅丢了自己的名声，丢了珠宝，还失去了自己唯一的儿子。噢！我该怎么办啊！"

他双手抱着头，不停地前后摇头，像一个悲伤到无以言表的孩子小声咕哝起来。

福尔摩斯坐在那儿，沉默了几分钟，脸上的眉毛全都挤在了一起，眼睛里跳动着智慧的火焰。

"那晚你接待了什么客人吗？"福尔摩斯问。

"我的合作伙伴带着他的家眷来过，还有一位是阿瑟的朋友，乔治先生，他最近经常来我们家。我想，除此之外，就再没有别人来过了。"

"你经常出去应酬吗？"

"阿瑟经常出去，玛丽和我都待在家，我们俩都不喜欢交际应酬。"

"这对于一个年轻的女孩来说有些不正常。"

"她生性安静，而且她也不小了，今年已经二十四岁了。"

"从你所说的来看，这件事对她影响也很大。"

"非常大！她的反应比我都要强烈。"

"你们俩都认为你的儿子是这件事的罪魁祸首吗？"

"当时我亲眼看到他手里拿着皇冠，我还能怎么想？"

"我只能说那不是个能决定一切的证据。皇冠的其余部分也被损坏了吗？"

"是的，它被拧弯了。"

"那你有没有想过，他可能是想把它掰直呢？"

"上帝保佑你！你是在为我和我的儿子做辩解，但是这件案子事关重大。他到底是想干什么？如果他是无辜的，那他为什么不辩解呢？"

"你说到点子上了。如果他有罪，他为什么不找个理由，撒个谎搪塞过去呢？他的沉默在我看来否定了这两种猜想。这件案子有几个不寻常的疑点。警方认为把你惊醒的声音是什么呢？"

"他们推断可能是阿瑟关自己房门的声音。"

"说得像是真的一样！就好像是一个人犯了罪后还会故意重重地关上门，惊扰四邻似的。那对于宝石失踪的这件事他们是怎么说的？"

"他们还在我的家里探测地板、翻箱倒柜，希望能找到它们。"

"他们有想过要去屋子外面搜寻吗？"

"是的，他们投入了大量的精力。整个花园在几分钟之内就被搜查了一遍。"

"现在，亲爱的先生。这件事很明显已经比你或警方起初想的更为复杂，难道你没有发现吗？在您看来这就是件简单的案子，但在我看来这件事非常复杂。咱们就按照你的理论分析下这件案子，你相信整个过程是这样的：你的儿子下了床，冒险进入你的更衣室，打开了抽屉，拿出了皇冠，又从上面偷走了一部分，然后拿去了另外一个地方，把这三十九颗宝石中的三颗藏在一个没人能找到的地方，然后又冒着极大的风险把剩下的三十六颗宝石还了回去。我现在问你，你觉得你的说法站得住脚吗？"

"那还能是怎么一回事呢？"这个银行家绝望地叹息道，"如果他是无辜的，那他为什么不为自己辩解呢？"

"这就是我们接下来要去解开的谜了，"福尔摩斯说，"所以，霍尔德先生，如果你觉得方便的话我们就一起去你家看看吧，我需要一个小时在现场观察一些具体的线索。"

我的朋友坚持要我陪他出这趟远门，我也乐意一起去，因为这个故事勾起了我心中的好奇和同情。我承认我和这位郁闷的父亲想的一样，觉得嫌犯很明显就是他的儿子，但我对福尔摩斯的判断还是有些信心的，因为只要是他对既定的解释不满意了，那这件事肯定就还有几分希望。在马车驶向南部郊区的一路上，他一句话也没说，只是低着头，下巴顶着胸脯，帽子拉下来遮住眼睛，一个人陷入了深思。我们的客人在看到眼前那几分微弱的希望后，心情也好转了一些，甚至一路上还断断续续和我说了些生意上的事。下了马车后，我们又坐了一段火车，最后步行了一段到了费尔班克家，这栋属于这位伟大的金融家的豪宅。

费尔班克家的房子是一栋用大理石建的、占地很大的房子，离马路不远。门前白雪覆盖的草地中间，有一条供马车进出的双行道，一路延伸到两扇大铁门把守的入口。院子右侧是一小片丛林，树林里两排整齐的篱笆中间有条幽静小道连着大门口的路直通到厨房，运送食品的零售商们经常走这条路。院子左侧有一条小道通向马棚，这条小道不在院子里面，是一条不太使用的公共马路。福尔摩斯让我们站在门旁边，自己绕着房子慢慢地走起来，一路穿过前院，走过为零售商开辟的小路，又沿着路走进了花园。他离开了很长时间都没回来，我和霍尔德先生就先去了饭厅，在壁炉边坐着等他回来。我们俩坐在里面，谁也没说话，然后门开了，有个女人走了进来。她中等偏高的个子，身材苗条，有一头乌黑的长发，眼睛也是黑色的，在她白得一点血色都没有的皮肤的映衬下，显得更加黑亮。我从没在一个女人脸上看到过这种带有一丝死气的惨白，她的嘴唇也苍白得没有血色，眼睛还有哭过的痕迹。她静静地走进屋子的时候，给我一种她的心情比这位银行家今早的心情还要悲痛的感觉。很明显她是一个坚强的女人，有很好的自控能力。她并没有看我，而是直接走向他的叔叔，贴心地用手帮他放松头部。

"你和警察说了要把阿瑟放出来了吗，爸爸？"

"没，没有，女儿，这件事一定要一查到底。"

"但凭着我们女人的直觉，我相信他是无辜的。我知道他并没有做什么坏事，你会为自己如此鲁莽的行为后悔的。"

"如果他是无辜的，那他为什么要沉默呢？"

"谁知道呢，或许是因为你怀疑他，他生气了。"

"当我亲眼看到他手里拿着皇冠的时候，我怎么能不怀疑他啊？"

"噢，他可能只是拿起来看了看。相信我的话吧，他是无辜的。让这件事过去吧，什么也不要再说了。一想起我们亲爱的阿瑟在监狱里住着，我就觉得糟糕透了。"

"除非找回宝石，否则我绝不会让这件事就这么过去的！绝不！玛丽，你对阿瑟的感情迷惑了你自己，你得想想这件事会给我带来多么可怕的后果。我绝不能就这样了事，我从伦敦请来了一位先生帮我详细地调查这件事。"

"是这位先生吗？"她看着我问道。

"不，是他的朋友。他希望我们不要去打扰他。他现在正在马厩那条小道那边呢。"

"马厩那条小道？"她黑色的眉毛向上一扬，"那能发现什么啊？啊！我想，我相信那位先生能证明我说的话是真的，我的堂兄阿瑟是无罪的。"

"我也同意你的观点,有你在,相信我们能够证明出来。"福尔摩斯答道,接着又转过身在垫子上磕了磕鞋上的积雪。"能够见到玛丽·霍尔德小姐本人真是一种荣幸。我可以问你一两个问题吗?"

"请问吧,先生,如果能把这件麻烦事解决了,我一定帮助你。"

"昨晚你听到什么声音了吗?"

"什么也没听到,直到叔叔开始大声说话,我听到后才下了楼。"

"晚上睡前是你关了所有的门窗,你把所有的窗户都关严实了吗?"

"是的。"

"那它们今天早上还是关得好好的?"

"是的。"

"你是不是有一个女仆,她还有一个情人?昨天是你对你的叔叔说她出去私会情人了吗?"

"是的,就是那个在客厅里候着的女仆,她可能听到了叔叔说的关于皇冠的话。"

"我知道了,你的意思是说她可能出门告诉了她的情人,然后两人计划好去偷皇冠。"

"但这都是些猜想而已,"这位银行家不耐烦地说,"我不是和你说我亲眼看到阿瑟手里拿着皇冠吗?"

"请等一会儿,霍尔德先生。我们一会儿会说到这个问题。关于这个女孩,霍尔德小姐,我想你是亲眼看到她从厨房那边回来的是吗?"

"是的,当我去检查门窗是否锁好的时候我看到她悄悄地溜了进来,黑暗中我还看到了一个男人的身影。"

"你认识他吗?"

"噢,是的!他是那家负责给我们送蔬菜的杂货店的老板,名叫弗朗西斯·普洛斯波。"

"那他是站在,"福尔摩斯说,"门的左边——那就是说,其实他绕了远路走到那儿的?"

"是的。"

"他是不是个装了一条木腿的男人?"

这位女士的眼神中闪过一丝惊讶。"为什么,你就像是个魔术师一样,"她说,"你是怎么知道的呢?"她笑着说,但是福尔摩斯却没有回应丝毫的笑容,仍然是一脸的渴望。

"我很想现在就去趟楼上,"他说,"可我需要再去房子外面看看。或许应该好好看一眼那几扇接地的窗户。"

他快速地从一扇扇窗户前走过,中间只是在大厅里停了一下,向外看了看那条通往马厩的小道。接着又用他的高倍放大镜仔细地检查了一下那段小道的基石构造和上面的每一个脚印。"现在我们去楼上看看吧。"他最后说道。

银行家的更衣室只是一间没什么家具的小房子,除了地上有一条灰色的地毯、一张大写字台和一面大镜子之外别无他物。福尔摩斯先朝写字台走了过去,仔细看了看上面的锁。

"你过去用哪把钥匙开锁?"

"就是我儿子说的,屋子里衣柜上的钥匙。"

"那把钥匙在这儿吗?"

"梳妆台上的那把就是了。"

福尔摩斯拿起钥匙,打开了写字台。

"开这把锁时一点声音都没有,"他说,"所以你没有被惊醒也很正常。我想关于这件案子,我们还得再看一下那顶皇冠。"他打开箱子,把东西取出来,放在了桌子上。这真是件顶级的珠宝,上面的三十六颗宝石是我迄今为止见过最好的了。皇冠的一端破裂了一个角,上面有三颗宝石被取了下来。

"现在,霍尔德先生,"福尔摩斯说,"这就是你说的不幸丢了宝石的一端吧。我可以请你试一试把它掰断吗。"

这个银行家震惊地退了几步。"我做梦也不敢这么做。"他说。

"那还是我来吧。"福尔摩斯突然开始用力折它,但是一点用也没有。"我觉得它可能有了点细微的变化,"他说,"虽然我的手指很有劲,但想要把它折弯还是需要费很多的时间,一般人是做不到的。现在,你可以想一下如果我把它折断了会发出什么声响?肯定会有类似手枪射击时那种刺耳的噪声。但这一切都发生在离你的床只有几尺距离的地方,而你却什么声音都没听到?"

"我已经不知道该怎么想了,现在脑子里完全混乱了。"

"但是或许照着这个思路问下去,事情就能一点一点清晰了。你怎么看呢,霍尔德小姐?"

"我承认现在我和叔叔一样困惑了。"

"你看到自己儿子的时候他有没有穿鞋或者拖鞋?"

"没有,当时他只穿了裤子和衬衣。"

"谢谢,这次非常幸运地知道了这么多线索,如果还不能完全解决问题的话,那可就是我们的问题了。请你允许我现在再去外面调查一下。"

他又一个人离开了,按照他的要求我们全都留在了屋里,因为他解释说任何多余的脚印都会给他的判断制造障碍。忙了一个多小时后他回来了,鞋上全是厚厚的积雪,整个人更让人看不透了。

"我觉得现在我已经把能看到的都看完了,霍尔德先生,"他说,"我回到家后就能把这件事的真相明明白白地告诉你了。"

"但是那些宝石呢,福尔摩斯先生。它们去哪儿了?"

"现在还不能告诉你。"

这位银行家抱着胳膊哭喊道:"我永远也找不到它们了,还有我的儿子呢?你给了我希望啊,不是吗?"

"我的观点自始至终都没有变。"

"那看在上帝的面子上,昨晚究竟是怎么一回事?"

"如果你明天早上九点到十点间亲自来趟贝克街的话,我很乐意把整件事都告诉你。你刚刚和我说了为你破案的报酬,只要我能找回宝石的话,我要多少你就付多少。"

"我会倾尽所有把它们赎回来。"

"非常好。接下来我还要再调查一下这件案子。再见了,天黑之前,我可能会再来一次。"

我知道我的搭档一定已经找到这件案子的真相了,虽然我仍然连真相的边都没有碰到。在我们回家的路上,有好几次我都问到了这个问题,但他每次都立马转移话题,最后我也就绝望地放弃再问了。我们到家时还不到三点钟,他匆忙地上了楼,一会儿就又走了下来,穿得像个懒汉:衣领高高地立着,穿了一件油光发亮的破大衣,围了一条红色围巾,脚上穿着一双破靴子,像极了一个流浪汉。

"我觉得这样就差不多了,"他对着壁炉旁的镜子照了照说,"我很想叫上你一起去,但是这次恐怕不行了。我已经追踪到了这件案子的真相,或者只是捕风捉影,但是要不了多久我就会知道到底是怎么回事了。我希望能在几个小时内回来。"他打开了餐具柜从里面切了一片牛肉,又拿了两片面包做了个三明治,胡乱地往口袋里一塞就出门了。

我刚喝完一杯茶的工夫,他就回来了,精神很足,手里拿着一双破胶靴,他把靴子直接扔到了角落里,然后自己倒了一杯茶。

"我只是经过这里顺便休息一下,"他说,"我马上就要走了。"

"去哪儿?"

"噢,我要去伦敦西区。这次我可能要很长时间才能回来,如果我回来得太晚就别等我了。"

"事情查得怎么样了?"

"噢,还行。没什么好抱怨的。刚刚我又独自去了趟斯垂汉姆,不过没有惊动他们家里的人。现在遇到了点小问题，不过我不会错过这笔交易的。我不能再坐着说闲话了，我要把这些不体面的衣服脱掉，重新变回我自己。"

我从他的动作中看得出来，他心里肯定比自己嘴上说得更加满意。他的眼睛里闪烁着光彩，甚至连一直气色不太好的脸上都有了血色。他快速地上了楼，几分钟后我听到砰的关门声，我知道他要再次出去继续合乎他天性的下一次捕猎了。

一直等到半夜，他也没有回来，所以我就回房间了。当他沉迷于线索的追踪时，经常会不分白天黑夜地出门，直到找到了才回来，而我对他的晚归也已习以为常了。我不知道他是什么时候回来的，但是等到天亮后我下楼吃早饭时，看到桌子上放着一杯咖啡，旁边还有一张报纸，咖啡冒着热气，像是刚冲好的样子。

"华生，请原谅我没有叫醒你，"他说，"但是你记不记得，我们的客人早前约好了会在早上来这里。"

"为什么，现在才刚过九点，"我回答，"我听到门铃响了，应该是他到了。"

确实是我们的那位金融家朋友来了。一夜过后，他变得我都有些认不出来了，他原来那张肥硕的大脸现在干瘪地收缩在一起，头发里也隐约能看到些白发了。他一脸疲倦，无精打采地走了进来，看起来比昨天早上发狂的时候还要痛苦，他重重地坐在了我搬过去的扶手椅上。

"我不知道自己以前做了什么，现在要让我深受煎熬。"他说，

"两天之前,我还是一个快乐、富裕的男人,对世上的一切都不在乎。现在就只剩我孤独一人了,还背了一身的骂名。真是祸不单行啊,我的侄女玛丽离我而去了。"

"离你而去了?"

"是的,今天早上我发现她的床上没有了她的影子,整间房间都空了,大厅的桌子上有一张留给我的纸条。昨天晚上,我伤心地对她倾诉,如果她以前同意嫁给我的儿子,现在他也不会是这个样子了。可能我说这些话有些太唐突了。她在信上是这么写的:

我最爱的叔叔:

我觉得自己的存在给您带来了不便,如果我过去做了不同的选择的话,这件糟糕的事可能就永远也不会发生了。我的脑子里止不住一直这样想,我觉得在这个家里继续待下去不会有快乐可言了,所以我决定永远地离开您。不用担心我,也不要白费力气来找我,因为这是我心里一道永远也无法越过的坎。无论活着还是死了,我永远爱您。

爱你的,

玛丽

"她写这封信是什么意思呢,福尔摩斯?这会不会是她自杀前的遗言?"

"不,不,不会的。这或许是这件事最好的结局了。我相信,霍尔德先生，你就快看到事情的结局了。"

"哈！你说什么！我听到你说了，福尔摩斯先生，你一定发现了什么！那些宝石在哪儿？"

"如果让你每一颗宝石出一千英镑来买，会不会太多了？"

"我可以付十倍的价钱。"

"那倒没有必要。三千英镑就能解决问题了。我想，还有一笔小小的佣金。你带支票本了吗？这儿有笔，开一张四千英镑的支票就可以了。"

银行家一脸茫然地照做了。福尔摩斯走到自己的桌子旁，从抽屉里拿出了一个三角形的金纸包，里面有三颗宝石，然后把它扔在了桌子上。

我们的客人大叫了一声就把它牢牢地攥在了手里。

"你找到它了！"他喘着粗气说，"我得救了！我得救了！"

此刻他一扫之前悲痛的阴霾，开心得无以复加，双手捧着失而复得的宝石，紧紧地捂在胸前。

"你还欠了另外一笔账，霍尔德先生。"福尔摩斯镇定地说。

"欠！"他抓起来一支笔说，"多少钱，我都给你。"

"不，你欠的不是我。你还没有向那个高尚的小伙子，你的儿子道歉，这件事里他的表现让人骄傲，如果我也有个这样的儿子的话，我会为他的行为感到自豪。"

"那东西不是我的阿瑟偷的？"

"我昨天已经说过一遍了，今天就再重复一遍，不是。"

"你能保证！我这就去告诉他，真相已经大白了。"

"其实他早就知道了。当我弄清了事情的来龙去脉之后,我去找了他,但他什么也不说,我就自己把整件事说了一遍,最后他不得不承认我猜对了,此外还补充了一些我没想通的细节。你今天早上带来的消息,应该能让他开口了。"

"看在上帝的份上,告诉我,这究竟是怎么一回事。"

"我会的,我会一步步和你说我是怎么找到真相的。但是首先我不得不告诉你,虽然有些难以启齿,你听了也会无比震惊,但是这件事牵涉到你儿子的那位朋友,乔治先生和你的侄女玛丽。他们一起畏罪潜逃了。"

"我的玛丽?不可能!"

"很不幸,事实就是这样,确定无疑。你同意这个叫乔治的男人进入你家庭的时候,你和你的儿子都不知道他的真面目。他是英格兰最危险的人物之一——一个彻头彻尾的赌徒,一个十足的恶棍,一个没有良心、卑鄙无耻的人。你的侄女对此也是毫不知情,所以当他又旧技重施地发誓会永远爱她,还说她是这辈子唯一触动了他内心的女人的时候,她就成了他的工具,在他精心编织的花言巧语之下,她爱得无法自拔,每天晚上都要和他幽会。"

"我不能,也不会相信的!"这位银行家脸色苍白地大喊。

"我接下来就告诉你,那天晚上你家里发生了什么。你的侄女想着你已经回到了房间之后,就悄悄地下了楼,走到了那扇正对着通往马厩小道的窗户旁,和他的爱人约会。他的脚印在雪地里陷得很深,这说明他在窗外站了很长时间。她把皇冠的事告诉了他,这个消息引燃了他内心的贪欲,所以他想利用她偷走皇冠。毫无疑问她爱上了他,女人有时会爱自己的爱人胜过一切,她也是如此。当看到你走下楼梯的时候,她正在听他的指令,然后就立马关上了窗户,向你说了一件女仆私会情郎的越轨之事,那是真事,那个男人也真的装了一条木腿。

"你的儿子阿瑟从你的房间出来后就直接躺到了床上,但因为当时心里想着俱乐部那笔不小的债务,所以久久不能入眠。半夜的时候,他听到门外有一阵脚步声,所以他起身向外看了看,发现自己的表妹竟然悄悄地穿过走廊,进了你的更衣室。小伙子感到非常惊讶,然后他悄悄地穿上衣服,在黑暗里等待着,想看看到底会发生什么。过了一会儿,她从房间里出来了。借着走廊的灯光,你的儿子看到她手里拿着那顶珍贵无比的皇冠下楼去了。他浑身颤抖着,悄悄地跟了上去,躲在了你房门旁边的窗帘后面,待在那儿可以看到大厅里的一切。他看到她悄悄地打开窗户,把皇冠递给了黑暗中站着的一个人,接着就马上关了窗户,紧挨着他藏身的窗帘走了过去,快步地回到了自己的房间。只要这个女人在,他就不能轻举妄动,因为他深爱着她,不想就这么揭露她的罪行。但是她走后,他就立马想到这对你来说将是一场多么大的灾难啊,所以一定要把它夺回来,放回原位。他赤着脚冲下了楼,打开窗户跳了出去,又一路追赶,终于在月光下看到了一个黑影。乔治先生试图逃跑,但是阿瑟抓住了他,接着两人扭打在了一起,一人拉住皇冠的一头争夺了起来。混乱中,你的儿子击中了乔治,朝他的眼睛上打了一拳。在一阵噼啪的声响后,你的儿子发现已经夺回了皇冠,然后就跑回了屋子,把窗户关上，又来到你的房间，却发现皇冠在争抢中被扭弯了，所以想设法掰直它。这个时候你出现了，正好看到了这一幕。"

"这是真的吗？"银行家倒抽一口气说。

"在他想着你应该夸奖他的时候，迎面而来的却是你不分青红皂白的大喊大叫，这让他很生气。出于对那个在心中占有一席之地的人的尊重，他一直没有说出事情的真相。他发扬了骑士精神，替你的侄女保守了秘密。"

"这就是为什么玛丽一进门看到皇冠后立刻就昏倒在了地上，"霍尔德先生大喊，"噢，我的天啊！我真是个眼瞎的蠢货！我应该同意他出去五分钟的啊！我的乖孩子是想看看那三颗宝石是不是在打斗的时候丢了。我怎么能这么残忍地错怪他呢！"

福尔摩斯接着说："当我到你家的时候，我很小心地走了一圈，想看看雪地里有没有什么有用的痕迹。我了解到那晚之前没有下过雪，所以寒冷的霜冻把脚印完整地保留了下来。我沿着商贩专用的那条路走，发现它被踩踏得杂乱不堪，已经分辨不清了。当时，在厨房门口的另一边，一个女人正站在窗前和一个男人说着话，他的一个脚印是圆的，所以我确定他一定有一条木腿。我甚至可以断定他们被惊扰了，因为那个女人迅速地跑到门前，脚掌在路上留下了很深的痕迹，之后那个装了木腿的男人待了一小会儿就离开了。我想那个女人可能是你们之前和我说过的那个女仆，那个男人则是她的情人，经过查证后发现果然是这样。接着我又沿着公园走了一圈，除了一些杂乱无章的脚印外什么也没看到,我想这些应该是警察留下的。但是当我走到通往马厩的小道上时,地上的脚印告诉我一个非常复杂的故事。地上有两排穿靴子的男人踩过的痕迹,另外还有两排明显是人赤脚走过的痕迹。我立即就想到了,那个赤脚的男人就是你的儿子。穿靴子的人在前面走,赤脚的人很快从后面追了过来,因为他的脚就踩在了穿靴子那人留下的足迹里,很明显他一直跟着前面的人走。我循着脚印走了一路,直到在大厅的窗户边,发现穿靴子的那个人在等人的时候把脚下的积雪全部踢到了一边。接着我又循着足迹往另一边走,大概走到离窗户一百多尺远的地方。我看到穿靴子的人转过了身,那一片的积雪都被踏碎了,看起来像是发生了一场打斗。最后,地上留下的几滴鲜血证明了我的判断没有错。然后穿靴子的人沿着路跑了,身后留下的一小片血污说明他在打斗中受了伤。接着他走到了路尽头的主干道上,因为路上的积雪已经被清扫干净,所以线索也就从这里断了。

"进入房间后,我检查了一下落地窗的窗架,通过放大镜我发现有人从这里爬上去过。接着我又在地板上找到了有人赤脚带雪进来留下的湿脚印,然后我的脑子里就有了整件故事的梗概。一个男人站在窗户外面等人,另一个人把宝石带给了他;却不料被你的儿子发现,他追上了那个贼,两人扭打在了一起;接着一人抓住皇冠的一头,争抢的力道把皇冠掰坏了,如果仅靠一个人的话不可能拧坏那件东西。之后那个贼手中的皇冠被拽走了,但是还留下了一小块碎片。现在的问题是,那个男人是谁,又是谁把皇冠交给了他呢?

"我一直以来都有句人生格言：当你排除一切不可能的因素之后，剩下的，不论多么不可能，也必定是真实的。现在，我知道那个人肯定不是你，所以只剩下了你的侄女和你那位新来的女仆。但如果是那个女仆的话，为什么你的儿子在自己家里遭受指控却一言也不发呢？这解释不通。但是他爱自己的表妹，他完全有理由为她保守秘密，因为这件事并不怎么光彩。接着我又想到了你看到她在窗户旁站着，后来她看到皇冠后又昏倒在了地板上，我的推测就变成了肯定，肯定是她把皇冠交给了那个男人。

"那她的同伙是谁呢？一定是她的爱人，不然还能有谁可以让她弃你多年的养育之恩于不顾？我知道你很少出门，所以你的朋友圈也很小。但其中就有乔治先生。我早就听说过他的传闻，他是个女人群中的浪荡公子，声名狼藉。所以路上的靴子脚印一定是他留下的，也是他把那三颗掉落的宝石拿走了。虽然阿瑟发现了他，但他还自以为是地觉得自己是安全的，因为他相信阿瑟为了保全家族的名声一定什么都不会说的。

"以你的聪明才智应该能猜到我的下一步计划是什么了吧。我打扮成一个懒汉的样子，混进了乔治先生的家里，想办法结识了他的贴身男仆，了解到他的主人昨天晚上头受了伤，接着又用了六个先令贿赂他，让他偷了一双他主人穿过的鞋子。我拿着那双鞋子又去了趟霍尔德先生的家里，发现尺寸和路上的鞋印一模一样。"

"昨天晚上我确实看到了一个邋遢的流浪汉进了我家。"霍尔德先生说。

"那就是我。我确定自己找对了人,然后就回了趟家,换了套衣服。接着我想该轮到我出场了,我要让你撤销起诉。而且我也知道,这个狡猾的恶棍很乐意看到我们在这件案子中手足无措的样子。所以我去找了他,和他见了面。刚开始,他肯定死不承认。但是当我说出整件事的细节之后,他开始咆哮起来,想去拿挂在墙上的武器。我早就预料到会这样,所以在他还没出手之前就用手枪顶住了他的头。他渐渐恢复了理智。我告诉他我会用每颗一千英镑的价格从他手里买走那些宝石,然后他开始懊悔不已。'为什么,我已经把它们给卖了!'他说,'三个总共才卖了六百英镑!'然后我从他手里要来了买家的地址,并向他保证不会起诉他。接着我找到了买家,用每颗一千英镑的价格把他们买了下来。之后我去看望了你的儿子,告诉他事情已经解决了。最后在大约清晨两点钟的时候回到了家,这一天的工作可真累啊。"

"你仅用一天就为英格兰解决了一场危机,"那位银行家站起来说,"先生,我实在想不出有什么话可以表达我对你的谢意,但我非常感激您所做的一切。你是我见过的最厉害的神探,现在我得立刻去找我的儿子,为自己的过错向他道歉。至于我可怜的玛丽,她是我的心肝宝贝,你能不能告诉我她现在在哪儿?"

"我认为我可以有把握地说,"福尔摩斯回答,"乔治在哪儿她就在哪儿。不过不需要担心,既然他们已经犯下了罪孽,最终一定逃脱不了命运的惩罚。"

SHERLOCK

"对于挚爱艺术的人来说,最强烈的快乐往往来源于那些最无足轻重、最普通的艺术作品。"夏洛克·福尔摩斯指着刊登在《每日电讯报》广告栏旁边的一篇文章说,"从这几篇你费了不少工夫写的关于我们破案的文章里,我很高兴地发现了你已经领会到这一艺术的真谛了。但是,我还是要说,你在文章的布局方面,偶尔也会忘记着重交代事情的起因和我破案时做的一些前所未有的尝试,反而在那些并不重要的、琐碎的小事上浪费笔墨。你应该多写写我的特殊能力,写写我在破案中显露出的超凡推断力和逻辑分析能力。"

"是啊,"我笑着说,"那些说我刻意神话你,指责我写的小说哗众取宠的人,也不是完全没有道理啊!"

"或许是你错了,"他从壁炉里钳起一块烧得通红的煤渣,举到近前点上了他那把樱木长烟斗。这是个暗示,每当他和我争辩的时候,他都会用这把烟斗,而心平气和的时候,他用的是陶制烟斗——"我说你做错了,是因为你在写小说的时候脱离了故事,总想着在词句上增光添彩,却把真正的重点扔到一旁,完全没有从头到尾地分析那些严谨的推理。"

"我在小说里对你的描述已经很客观了。"我冷冷地说,因为我对他经常显露出的那股强烈的自大非常不满。

"不,我并不是自私或者自负,"他依旧如往常一样,针对我的思维而非字面意思对我加以矫正,"我追求破案艺术上的绝对正义,是因为这并不是我的私事,艺术也不只属于我一个人。一个人犯了罪没什么大不了,但是一个人具有强大的逻辑思维,这却非常少见。所以你不该大费笔墨地去写谁犯了罪,而应该去写是谁用逻辑推断破了案。这些东西拿出去演讲都够格了,在你的笔下却成了几个可笑的故事。"

这是个早春的清晨,天气还有些冷,在贝克街的那间老房子里,我们俩刚吃过早饭,正围坐在壁炉旁,炉子里的柴火烧得噼啪作响。大雾笼罩了整个天空,街道旁那两排墙体灰暗的房子也都模糊不清了,街对面房子的窗户看起来就像是一些黑色的、模糊的小点。我们房子里亮了盏瓦斯灯,灯光倾洒在洁白的桌布上,桌子上那些用餐后留下的瓷器和金属器皿也在灯下泛着微光。整个早上,夏洛克·福尔摩斯都十分安静,自己一个人沉浸在一沓报纸的广告专栏里,不过最后显然是没了兴趣,接着突然起劲地一一列举起我作品中的缺点,毫不客气地训斥起我来。

"与此同时，"他顿了一下，吸了几口烟，然后低头凝视着壁炉里的火，又接着说，"你为了逃避外界说你哗众取宠的指责，就把自己的小说写成了博人一笑的玩意儿，完全没有站在法律的角度来分析我们破过的那些案子。还记得我帮波西米亚国王处理的那件小事吗？以及玛丽·萨瑟兰小姐的非凡经历，还有那位贵族勋爵的婚礼，它们都是超乎法律管辖之外的事。但是你为了避免被指责哗众取宠，就一门心思地在那些无关的小事上大写特写。"

"就我写的故事结局那部分来看，你说的或许还有些道理，"我说，"但是你该看到我用我的方式，把这些事编成了小说，而且不少人都对此很感兴趣。"

"得了吧，我亲爱的老伙计，你能指望大众——这群极度缺少观察力的人能管中窥豹或者举一反三，去关心案情分析和推理吗？我不是要责怪你什么，因为那些大案子早已是过去的事了。那些人，至少是那群想犯罪的人，早已没了什么胆量，再也翻不起多大的浪了。而我自己，也沦落到只能找找丢失的铅笔，或者给寄宿学校的年轻女孩们出出点子的地步了，真是越活越倒退了，我的人生就要跌入谷底啦！这里有封早上送给我的信，你替我拆开读一下吧！"他递了一封揉皱了的信给我。

这封信是昨天晚上从蒙塔古大街寄来的，信上写着：

亲爱的福尔摩斯先生：

我有非常着急的事想和您商量，我得到一份家庭教师的工作，但我拿不准主意要不要去。明天十点半的时候，我会来拜访您，希望不会打扰到您。

您忠诚的
维奥莱特·汉特

"你认识这个年轻女孩吗？"我问。

"不认识。"

"现在已经十点半了。"

"是的，门铃响了，应该是她来了。"

"这件事可能会比你想的更有趣些。你还记得那件蓝宝石案吗？刚开始纯粹就是我们的一番奇想，之后才去深入地调查，最后揭开了谜底。这件事说不定也一样呢。"

"好吧，希望如此。不过我们的猜想很快就会有结果了，因为如果我没猜错的话，当事人已经来了。"

他正说这句话的时候，门开了，进来了一个年轻的女人。她衣着朴素，但干净整洁，一张俊俏的瓜子脸，双颊通红，鼻尖上还零星地点缀着些小雀斑，十分活泼可爱。

"对于给您带来的不便，请您原谅。"当福尔摩斯起身去迎接她的时候，她说道，"但是我经历了一件非同寻常的事，我身边也没有父母、亲戚或者其他人可以商量，所以我想你这位好心人可能会给我指点迷津。"

"请坐,汉特小姐。能为你效劳是我的荣幸。"来人的礼貌谈吐显然给福尔摩斯留下了不错的印象,他对这位新来的客人十分和善。上下打量了她一番之后,福尔摩斯回到椅子上坐好,闭上眼,十指尖相触,静下心来听她倾诉。

之前我在斯彭思·门罗上校家里已经做了五年的家庭教师了。但是两个月前,他接到了一纸调令,要他到新斯科舍的哈利法克斯去上任,然后他们全家都搬走了,我也就没了工作。之后,我试着在报纸上刊登广告,还去应聘招募启事,但都没有成功。拖到现在,我那点本就少得可怜的存款也快要用完了,我脑子里一片空白,完全没了主意。

在西大街的尽头有一家非常有名的中介公司,叫韦斯特韦,那儿经常招募家庭教师。我每周都会去一次,询问是否有适合我的工作。韦斯特韦是这家公司创始人的名字,但是整家公司其实一直都是由斯托波小姐在打理。她每天都坐在自己的小办公室里,来找工作的女人们都在前厅等着,然后挨个去面试,每次她都会翻翻自己的记录本,看有没有适合她们的工作。

上个星期,我和往常一样走进那间小办公室,但是房间里除了斯托波小姐之外,还多了个陌生人。她的椅子旁边坐着一个下巴滚圆、脖子短粗、满脸笑意的胖男人,那人实在是太胖了,以至于下巴上的肥肉都堆在了脖子上。那人的鼻梁上架着一副眼镜,每次进来一个面试的女人，他都要仔仔细细地盯着看好大一会儿。我一进门，他就腾地一下子从椅子上站了起来，飞快地转过头去看斯托波小姐。

"就是她了，"他说，"再也没有人比她更适合这份工作的了。完美！太完美了！"他像是一个热心肠的人，双手抱着胳膊站起来的样子也十分优雅，而且脸上总是笑眯眯的，让人瞧着十分顺心。

"小姐，你在找工作吗？"他问。

"是的，先生。"

"你想做家庭教师？"

"是的，先生。"

"那你每月想要多少工资呢？"

"我在上一个雇主斯彭思·门罗上校家里一个月拿四英镑。"

"噢，啧！啧！啧！真是令人汗颜！"他一边大声地说，一边向空气中展开双臂，看起来就像是一个内心激情澎湃的人准备要去拥抱什么东西那样，"像你这么有魅力和能力的女孩，怎么只要这么少的工资呢？"

"我可能并没有您想的那么优秀，先生，"我说，"我会一点法语，一点德语，懂点音乐和绘画。"

"啧！啧！啧！"他又喊道，"这些都不是问题。关键是，要看你有没有良好的举止和修养？归根到底，如果没有的话，那我看你就不适合这份工作，因为你的学生将是一位会在这个国家崭露头角的人物。但如果说你有的话，我不明白你怎么会自贬身价，去做一份年薪连三位数都不到的工作呢？如果你来我这里工作，小姐，我一年会付给你一百英镑。"

你可以想象,福尔摩斯先生,对我来说,在自己最穷困的时候突然出现了这么大一笔钱,真是太让人意外了,我拿不准它是真是假。那位先生好像从我的表情中看出了我的怀疑,于是便从口袋里掏出钱包,拿出了一张支票。

"这是我雇人的原则,"他笑着说,两只眼睛在他白白胖胖的脸上眯成了一条细缝,"工作之前先支付一半的酬劳,这样方便她们置办些衣物,应付旅途花销。"

我从未遇到过这么迷人,同时又这么细心的男人。我已经在零售店老板那儿欠下了债,如果能提前预支一些工资正好解了燃眉之急。不过这件事来得太突然,我想多了解一些具体的情况,否则我不会在合同上签字。

"我可以知道您住在哪儿吗,先生?"我说。

"汉普郡,是一个风景优美的乡村。铜山毛榉,那儿离温彻斯特城有5英里远。亲爱的女士,我住的村子漂亮极了,到处都是美丽的老式古堡。"

"那我的工作呢,先生?我很想知道我具体要做什么?"

"照顾一个小男孩——是个刚满六岁的小顽皮。噢!你没有见过他用拖鞋打蟑螂的样子!啪啪啪,一眨眼就能打死三个!"说这些话的时候他身子靠在椅子上,眼睛笑着眯成了一条线。

一个孩子竟然以此为乐,这真的让我很惊讶,但是听到他的笑声之后，我想他可能是在开玩笑。

"我只要，"我问，"照顾好一个小孩子就行了吗？"

"不，不，不只这些，亲爱的女士，"他大声说道，"除此之外，我想你还得帮我的妻子干点小活，不过请放心，都是些正当的事。这没什么问题吧？"

"我很乐意能够帮你们做些事。"

"那就好。现在，说说穿着吧。我们俩都是喜欢追求时尚的人，不仅喜欢而且还挺热衷。如果我们一时来了兴致，想让你穿些我们喜欢的衣服，你会不会拒绝呢？"

"不会。"我说，但是想不通他为什么会这么说。

"还有，如果我们让你穿上我们的衣服在这里坐会儿，或者在另一个地方坐会儿，你会拒绝吗？"

"噢，不会。"

"那如果我们要你在来之前把头发剪短呢？"

我几乎不敢相信我听到的话。福尔摩斯先生，正如你所看到的，我有一头浓密、如瀑布般的栗色长发，我一直把它们视作一件艺术品来呵护。我真的无法想象就这么轻率地把它剪掉会是什么样子。

"我想那是不可能的。"我说。之前他一直满脸期待地盯着我看，不过话一说完，他脸上明显闪过一丝不快。

"这件事恐怕没得商量，"他说，"这是我夫人的小喜好，我不得不由着她的性子。那我最后再问你一次，你会剪掉头发吗？"

"不会，先生，一定不会。"我十分坚定地回绝道。

"啊，好吧，那这件事就到此为止了。真的很遗憾，无论从哪个方面看你都是最佳人选。斯托波小姐，看来我得再为这份工作物色其他女孩了。"

这位女经理一直坐在一旁听我们的谈话，她之前一心埋头忙着手上的工作，一句话也没说。不过她抬头看我的眼神里明显掺杂着些许怒气，我不禁想到，我的一口回绝使她损失了一笔可观的佣金。

"你还想要我继续帮你找其他的工作吗？"

"如果你愿意的话，斯托波小姐。"

"好的，不过，你连这么好的工作都拒绝了，以后也没什么指望了。"她尖刻地说，"以后你再也不会遇见像这样的好工作了。再见了，汉特小姐。"她摇了一下桌上的铃铛，接着我就被带出了房间。

然而，我回到自己的出租屋后，打开橱柜，发现自己的食物马上就要吃完了，桌上还躺着两三张账单。我不禁开始问自己，那样做是不是很蠢。毕竟，虽然那些人对时尚的追求非常怪异，还想要我遵从一些奇怪的吩咐，做些奇怪的事情，但是他们却能为此付给我工钱，在英格兰，能有几个女家庭教师可以拿到一百英镑的年薪呢？还有，我留着头发有什么用呢？现在有不少人都开始喜欢剪短发了，或许我也应该加入她们的行列。到了第二天，我开始想自己可能真的做错了，第三天，我就完全认定了。当我已经准备好要放下所有的尊严，硬着头皮再去一次中介公司，问问这份工作是否依然空缺的时候，我收到了一封那位先生寄给我的信。我把它带来了，这就读给你们听听。

铜山毛榉，温彻斯特近郊

亲爱的汉特小姐：

　　斯托波小姐非常热心地提供了你的地址，所以我写信来是想问问你，是否愿意重新考虑一下这份工作。我向妻子提到了你，她非常着急地想要你过来，做我们的家庭教师。我们一个季度愿意支付三十英镑的薪资，也就是一年一百二十英镑，以此来补偿因我们一时兴起的想法给你带来的不便。不过，我们也不会强迫你必须接受这份工作。我的妻子喜欢蓝色的布料，所以希望你来之后早上尽量穿蓝裙子。不过，你也不用再去花钱买一件了，我们曾给自己的女儿爱丽丝买过一件，现在她人在费城，那件衣服正好一直没人穿。从你的身材来看，那件衣服给你穿大小应该正合适。至于我说的要你坐这儿，坐那儿，再笑几声，其实就是听起来有些别扭罢了。至于你的头发，我不得不说剪掉它真的是个遗憾，其实在那次简短的会面中，我就被它散发出的美给牢牢吸引住了。但是在这个问题上，我还是坚持自己的要求，只能通过多付给你些薪水的方式来弥补你的损失。至于你的工作，你只要照顾好我的小儿子就行了。希望你看到信后能来找我，到时我会驾着马车去温彻斯特接你。请提前告知到达的时间。

你忠实的
乔福罗·鲁卡斯尔

这就是我刚刚收到的那封信，福尔摩斯先生，我已经想好了要接受这份工作。但是，我还是想在做最后的决定之前，来问问你对这件事的看法。"

"好吧，汉特小姐，如果你已经决定了，那就去吧。"福尔摩斯笑着说。

"但是我以为你应该建议我拒绝的啊？"

"我得承认，如果我有个姐妹的话，我是绝对不会让她去的。"

"那到底是怎么一回事呢，福尔摩斯先生？"

"啊，没有足够的资料，我也说不出来。你脑子里应该也有一些猜想吧？"

"好吧，目前为止，我只想到这一个可能的解释。鲁卡斯尔先生看起来是个和善的好人，但他的妻子可能是一个疯子，鲁卡斯尔先生为了保守秘密，不想他的妻子被抓去收容所，所以想尽办法满足她的所有要求，避免她因此发疯而引来事端。"

"这是其中的一种可能，实际上从目前来看，这种猜想的可能性最大。但无论怎么看，这都不是一个适合女孩子工作的家庭。"

"但是他付的钱，福尔摩斯先生，那些钱！"

"好吧，是的，当然他付的报酬很丰厚——非常丰厚。但也正因如此，才让我觉得事情并没有那么简单。他为什么要一年付给你一百二十英镑呢？为什么有这么多的人选，却偏偏选中了你呢？这件事背后必定有什么阴谋。"

"我想如果提前把这些告诉你，以后找你帮忙的时候，你就能明白是怎么一回事了。如果你能在我身后帮我，我就有信心了。"

"噢，你不用害怕什么。这几个月来，我整天闲在家里都要闷死了，你的故事非常有趣。我在这里面嗅到了不一样的气味，如果你遇到了麻烦或者危险——"

"危险！你预测会有什么样的危险？"

福尔摩斯摇了摇头，一脸的凝重。"如果我们能够提前预知的话，那就不是危险了，"他说，"不过你放心，无论是什么时候，不管是白天还是晚上，只要收到你的电报我们会立刻动身去帮你。"

"有你这句话，就足够了。"她神采奕奕地从椅子上站了起来，脸上的担心一扫而光。"现在我可以放心地去汉普郡了。我马上就给鲁卡斯尔先生写封信，今晚就去把头发剪了，然后明天动身去温彻斯特。"接着她又对福尔摩斯说了一些感激的话，然后对我们说了声再见，就匆匆忙忙地离开了。

"至少，"在听到她下楼时着急却又稳重的脚步声后，我说，"从外表上看，她应该是个能照顾好自己的姑娘。"

"她必须要照顾好自己，"福尔摩斯一脸凝重地说，"如果我们几天后还没有听到她的消息，那我可就犯了大错了。

不久之后，福尔摩斯的预言就灵验了。两个星期很快就过去了，这期间我常常想起那个女孩，猜想这个孤独的女孩可能会遇到些什么事。高得离谱的薪水，奇怪的雇主，异常轻松的工作，所有的一切看起来都那么反常，我想不出，这到底只是某个人一时的突发奇想，还是一个阴谋，那个男人是个好心的慈善家还是一个有所图谋的坏蛋。至于福尔摩斯，我经常看见他在那儿一坐就是半个小时，紧皱着眉头，看起来一副心不在焉的样子。但是每当我问起他这件事的时候，他总是一挥手就打断了我的话。"证据！证据！证据！"他不耐烦地喊道，"没有黏土就烧不成砖，没有证据就没有结论。"但之后他都会很快地嘟囔一句，"如果是我的姐妹遇到了这件事，那我肯定不会让她们接受这份工作。"

一天晚上，我正准备去睡觉，福尔摩斯也准备好要去继续他的实验研究——他一般都是一个人弯着腰站在试验台前，一整夜都鼓捣着那堆实验用的瓶瓶罐罐，然后第二天早上我起床吃早餐的时候，会发现他还站在那儿继续自己的实验。不过，那天深夜有人拍来了一封电报，他拆开一个黄色信封，抽出里面的信看了一眼，就扔给了我。

"看一下几点有去温彻斯特的火车。"他说，然后转过身接着去忙他的化学实验去了。

信上只写了一句非常简洁的话：

十万火急。

请于明天中午到达温彻斯特的黑天鹅旅馆。一定要来！

我不知该怎么办了。

汉特

"你要和我一起去吗？"福尔摩斯抬头看了我一眼。

"我想去。"

"那就查查时刻表吧。"

"九点半的时候有趟火车。"我翻了一下报纸说道，"预计十一点三十分的时候到温彻斯特。"

"非常好。看来我的丙酮成分实验必须要推迟了。快去睡吧，明天早上得有个好的状态。"

第二天上午十一点的时候，我们的火车就已经快要接近目的地了。福尔摩斯把早晨所有的报纸都买了一份，埋头读了起来。不过，当火车通过汉普郡的边界之后，他把报纸扔到了一旁，开始欣赏起了窗外的风景。那是个晴朗的春日，天空很蓝，抬头望去，有几片像羊毛一样卷曲的洁白云朵，由东到西，不停地飘来飘去。正午的阳光很足，但空气中还是掺杂着一丝寒气，只要吸入一口，神智立刻为之清醒。放眼望去，远处奥尔德肖特的整个丘陵地带，广阔的绿色原野中，点缀着些红色和灰色的农场小屋顶，到处都是一派生机盎然的景象。

"这里的空气新鲜，景色也很美，不是吗？"我满怀激情地大声说，想将在贝克街吸入的污浊一吐为快。

但是福尔摩斯一脸凝重地摇了摇头。

"你知道吗，华生，像我这样的人身上都中了一个诅咒，那就是我一定会用自己独特的眼光来评判眼前看到的一切。你眼里看到的只是些星星点点的屋子，还有它们的美。但是在我眼里，我只看到了这里的与世隔绝,罪恶在这里不会受到任何惩罚。"

"天哪!"我喊道,"谁会把犯罪和这些讨人喜欢的老农场联系在一起啊?"

"这些农场会让我感到恐惧。根据我多年的经历来看,华生,这些看起来可爱美丽的乡村,比起伦敦市里最脏最简陋的小巷子要更加可怕、邪恶。"

"你吓到我了!"

"其实原因也很简单,在城市的大街小巷,不会有人在听到一个遭受虐待的孩子的哭喊后,会毫无怜悯之意;也不会有人在看到一个乱发酒疯的醉鬼之后,会一点都不愤怒。因为在城市里,正义之轮一直在不停地运转,它离我们不过咫尺,以至于你随便一句对看不惯事物的抱怨,都是在拉着它向前转动。犯罪与锒铛入狱,只有一步之差。但是你看远处那些房子,他们互不相连,各居一隅,里面住的又大多是些对法律知之甚少的穷苦人。如果这个向我们求助的女人是住在温彻斯特的话,我倒是一点也不担心她的安危。但她住在离城区足足有5英里远的村子,那就有危险了。不过,显然目前她的人身安全还没有受到威胁。"

"我想不通,如果她可以来温彻斯特见我们,那就表示她完全可以跑掉啊。"

"确实如此。她依然可以自由出入。"

"那她遇到了什么问题呢?你能推测出来吗?"

"我已经预想了七种不同的解释,就我们所知的情况来看,每一种都说得通。但到底哪种猜想才是对的,这毫无疑问,只要见到那个正在等我们的人,答案就立马揭晓了。我已经能看到大教堂的尖塔了,相信很快就能从汉特小姐那里了解到一切了。"

黑天鹅是高街上的一家颇有名气的旅店,离火车站只有几步远,我们在那儿找到了一直在等候的年轻女人。

她已经预定好了一个包间,桌子上也摆好了给我们吃的午饭。

"我非常高兴你们能来这儿,"她一脸真诚地说,"你们两个都是好人,我真是不知道该怎么做了,所以才把你们叫来,想着你们能给我些珍贵的建议。"

"请告诉我们你遇到了什么麻烦。"

"我会的,我得快些说了,因为我已经答应鲁卡斯尔先生会在下午三点之前回去。我早上请了个假到镇上来,但他不知道我出来的原因。"

"那就从头到尾把这件事讲一遍吧。"福尔摩斯把腿伸到壁炉边,静下心来开始聆听。

"首先,我得说在这段日子里,鲁卡斯尔夫妇并没有对我施加什么身体上的伤害。这么说合情合理,但是我无法理解他们,一想到他们我就感到一阵害怕。"

"你无法理解什么呢?"

"他们做事的动机,你们应该听我说说发生的一切。我到温彻斯特之后,鲁卡斯尔先生和我在这里见了面,之后他载着我一起回家了。

他以前说过，他住的地方很漂亮，环境优美，但其实一点也不美。他的家就是一栋很大的方形大楼，墙上刷着白漆，但是经历过几番风雨之后，都因受潮褪色掉落了。房子的周围是空地，三面都种上了树，另一面和远处的南安普顿公路相连，公路在离前门100码远的地方转了个弯，向另一边延伸去了。房前的空地都是属于鲁卡斯尔先生的，但是那些树林被划入了南安普顿勋爵的禁猎区。因为正对着前门的空地上，种着一丛铜山毛榉，这间房子也因此得名。

"我的雇主载着我一路回到了家，他还是一如既往地亲切和善，晚上还亲自把我介绍给了他的夫人和孩子。福尔摩斯先生，与我们在贝克街那间房子里的猜想相反，鲁卡斯尔夫人是个再正常不过的女人。她寡言少语，脸色有些苍白，比自己的丈夫年轻不少，应该还不到三十岁，但是鲁卡斯尔先生看起来至少也有四十五岁了。从他们的对话里，我了解到他们已经结婚七年了，他之前的妻子去世了，第一任妻子留下的唯一的女儿已经去了费城。鲁卡斯尔先生曾私下里和我说，他的女儿因为憎恶自己的继母所以离开了他们。因为女儿已经二十多岁了，我也能想象她要和父亲的年轻妻子共处一室的尴尬。

"鲁卡斯尔夫人平时寡言少语，长得也一般。我对她既没有很好的印象也没有很坏的印象，是个无足轻重的人。很明显，她倾尽所有的热情来爱自己的丈夫和儿子，一双深灰色的眼睛不停地在他们两个身上来回转动，观察他们的每一个小动作，适时送去他们想要的东西。鲁卡斯尔先生即使在生气的时候，也对自己的妻子很温柔，从表面上看，他们像是一对关系非常融洽的夫妇。但是这个女人心底藏着些伤心事，她经常独自一人陷入深思，脸上流露出异常悲痛的情感。有时我想，她可能是想起了自己那个生性暴戾的儿子，才会如此神伤。我从没遇见过这样的小孩子，他完全被宠坏了，性格有些变态。他的身材要比同龄人矮小，脑袋却很大，身体比例看起来非常不协调。他整天不是像个冲动的野蛮人一样打闹，就是一个人沉闷地伤心。他以伤害比自己弱小的动物为乐，还很擅长抓捕老鼠、小鸟，还有各种各样的昆虫。我不再说这孩子了，福尔摩斯先生，实际上，他和我的故事并没有多大关联。"

"我对所有的细节都感兴趣，"我的搭档说，"无论它们与此事有没有关联。"

"我尽量不遗漏什么重要的东西。这栋房子里用人的行为举止让我很不开心，家里其实只有两个用人，一个男人和他的妻子。拖勒就是那个男人的名字，他是个粗俗、没什么教养的人，头发灰白，满腮胡茬，身上还总是带着一股酒味。曾经有两次，当所有的人在饭桌上吃饭的时候，他喝得烂醉如泥，但是鲁卡斯尔先生对此好像视而不见。他的老婆是个身材高大、非常强壮的女人，长着一张十分刻薄的脸，和鲁卡斯尔夫人一样很少说话，样子也不怎么和蔼。我一看到他们心情就非常不好，但是很幸运，因为我大多数时间都待在保育室或者自己的房间，这两间房间是紧挨在一起的，都在这栋房子的一角。

"来到铜山毛榉的前两天，我的生活还很平静。但在第三天早饭后,鲁卡斯尔夫人走下楼,在丈夫耳边小声说了几句话。

"'噢,好吧,'接着他转向我说道,'汉特小姐,对于你因为我们的一时兴起就剪去了长发,我表示十分感激。但我确信即使你剪去了长发,你的美依旧没有少去分毫。我们现在看看你穿上那件蓝色的裙子怎么样吧,它已经放在你的床上了,如果你能穿上它的话,我们两个会十分感激你。'

"我在床上发现一件造型奇特的蓝裙子。它的用料非常考究,薄斜纹呢子做的底子,十分精美。但是衣服明显有穿过的痕迹,衣服的尺寸对我来说是再合适不过的了,就像是为我亲身量裁的一样。不论是鲁卡斯尔先生和还是夫人,看到我穿那件裙子后都非常激动。他们在客厅等我过去,客厅很大,占了整栋房子前端的大半部分,墙上嵌着三扇长长的落地窗。靠近中间那扇窗户的位置放了一把椅子,背对着窗外的风景。我进了客厅后,被要求坐在椅子上,鲁卡斯尔先生在房间里走来走去,开始给我讲些非常有趣的故事。他真的非常幽默风趣,我笑到最后都有些倦了。鲁卡斯尔夫人却还是那么没有幽默感,和以前一样一笑也不笑地坐在那儿,两只手放在膝盖上,看起来十分伤心、焦虑。一个小时之后,鲁卡斯尔先生突然说是时候开始今天的工作了,然后我就换下了裙子,去保育室里照顾小爱德华去了。

"两天之后,和上次几乎完全一样的情景又再次上演了。我又一次换上了那件裙子,还是坐在窗户那儿,再次被雇主一串有趣的故事逗得捧腹大笑。然后他拿给我一本黄色封面的小说,把椅子向旁边挪了一点,这样我的影子就不会挡住书页。接着他请求我大声地为他读这本书,我读了大概十分钟,开始是读一个章节的中间部分,后来刚读到一句话中间还没有结束的时候,他突然叫我停下,然后我就回房间换下了裙子。

"你很轻易就能想到,福尔摩斯先生,我非常好奇这些奇怪的行为到底代表了什么样的意义。我观察到,他们总是非常小心地让我的脸背着窗户,所以我开始想知道自己背后到底发生了什么。刚开始我没有找到什么方法,但是很快我就有了主意。我的小镜子在不久前坏了,所以我想到了一个绝妙的法子,把一块碎片藏在了手帕里。当我又一次坐到椅子上的时候,我一边笑着,一边把手帕拿到眼睛近前,想试着看到背后的事物。但是我失望了,我背后什么都没有,至少我第一眼什么也没看到。第二次看的时候,我发现了有个男人站在南安普顿公路上,那人穿着一身灰西装,还留着一缕小胡子,好像朝着我的方向看了过来。那条路是条交通要道,所以经常有些来来往往的行人。但是这个人却与众不同,他站在这栋房子的围栏前一动不动,伸长了脖子,满怀深情地看向这边的窗户。我把手帕放低了一些,瞥见鲁卡斯尔夫人正用非常锐利的双眼盯着我看。她什么都没说,不过我相信她已经猜出了我用裹在手帕里的一片小镜子看到了身后的一切。然后她立即站了起来。

"'乔福罗,'她说,'路上有个鲁莽的家伙,正站在那儿盯着汉特小姐看。'

"'是你的朋友吗，汉特小姐？'他问。

"'不，我在这里一个熟人也没有。'

"'天哪！多么无礼的行为啊！你应该转过身去，让他走开。'

"'不要管他就好了。'

"'不，不，过去他就经常在这儿闲逛。你应该转过身去，用手示意他离开，就像这样。'

"我站起身，按照他的吩咐做了，下一秒鲁卡斯尔夫人就关上了百叶窗。那是一个星期之前的事，从那之后我就没有在窗户前坐过了，也没再穿过那件蓝色的裙子，更没再见到那个站在路上的男人。"

"请继续说下去，"福尔摩斯说，"你的故事真的非常有趣。"

"恐怕你会发现我说的话有些跳跃，不过这可能正说明我讲的这几件事之间有着什么联系。当我到铜山毛榉的第一天，鲁卡斯尔先生就带我去看了坐落在厨房旁边的一间小屋子。当我们走近的时候，我听到了一阵铁链撞击的声音，听声音好像是有个很大的动物在拖着链子走动。

"'向里面看看！'鲁卡斯尔先生向我指了指一条两块木板之间的裂缝，'它很美，不是吗？'

"我透过裂缝朝里面看，正碰上了一双血红又透着几分灼热的眼睛，黑洞洞的屋子里有个模糊不清的身影站了起来。

"'别害怕，'我的雇主看到我有些被吓坏的样子后笑着说，'它叫卡罗，是我的獒犬，虽然是我的财产，但实际上是我的老用人拖勒养的,它只听他的话。我们每天喂它一次,不会给它吃太多,这样它就不能吃饱了偷懒睡觉了。拖勒每天晚上会把它放出来,愿上帝保佑那些被它的獠牙咬到的陌生人吧。所以为了安全,千万不要找借口迈出这栋房子一步,生命可不是能拿来开玩笑的。'

"他说这话并不是为了吓唬我。两晚之后,大概清晨两点的时候,我打开卧室窗户想透透气。那晚的月亮很美,月光铺洒在房前的草地上,给草坪镀上了一层银白色的亮光,外面的一切和白天一样能看得清清楚楚。我站在窗前,在这宁静美好的景色下出了神,然后我看到好像有什么东西在铜山毛榉的树影里移动。借着月光,我看清了,那是一条体格能媲美一头小牛的大狗,一身黄褐色的毛发,颚骨向前突出。它正在用黑鼻子嗅着什么东西,全身上下的骨头都向外突出。它缓缓地走过草坪,然后消失在了另一边的阴影里。这条可怕的巡逻犬,让我心里猛地一凉,我想任何窃贼都逃不过它的追捕。

"现在我要和你们说一件非常奇怪的事。你们知道,我在伦敦剪掉了长发,临行的时候,我把它好好地卷了起来,放到了行李箱的底层。一天晚上,在那个小男孩上床睡觉以后,我闲了下来,就想着花些时间看看我房里的家具,顺便把自己带来的几件小东西重新归置一下。房间里有一个樱桃木做的衣柜,上面的两层都是空的,也没有上锁,最下面的一层锁上了。在填满了上面的两个空格后,我还有些衣服没有地方搁置,但第三个格子又被锁上了,所以我自然就有些生气。我想这锁可能是谁随意挂上的,里面应该什么都没有,所以我拿出了一串钥匙，想打开那把锁。谁知道随手试了第一把钥匙，就把锁孔给打开了。格子里面只放着一件东西，但我想你们肯定猜不到是什么，里面放的竟然是我剪下来的头发。

"我把它拿起来看了一下，颜色、质地和我的都几乎一样。但是之后我想这不可能是我的头发，我的头发怎么会被锁在柜子里呢？然后我颤抖着，再次把行李箱打开，拿出里面的东西，发现我剪下的头发还好好地躺在箱子的底层。接着我把两条发辫放到了一起，它们几乎一模一样。这也太稀奇了吧？我一直想不通，这到底是怎么回事。最后我把那条奇怪的发辫放回到了柜子里，之后因为怕私自打开锁好的柜子受到责骂，也就没对鲁卡斯尔先生提过这件事。

"福尔摩斯先生，就和你说过的一样，我生下来就是个观察力十分敏锐的人，不久我就牢牢记住了整栋房子的布局。不过房子里有几间偏房，好像一直空闲着没人住，老用人拖勒屋子的正对面就是其中一间偏房，但是它总是锁着门。然后，有一次我在楼上时，正好遇到鲁卡斯尔先生从那扇门里出来，手上拿着一串钥匙，整个人一反常态，看起来不是很高兴。他气得满脸通红，眉头紧紧地皱在了一起，一脸的盛怒。他匆匆地把门锁上，连一个招呼都没有打，就自顾自地从我身边走过去了。

"这引起了我的好奇心，所以当我出门散步的时候，我溜到了房子的一侧，那里有几扇窗户，透过它们能看到那几间偏房的内部。这边总共有四间房间，其中的三间非常脏，屋子里满是尘土，第四间房间的窗户被锁上了。从表面上看，只是几间被废弃的屋子。在我不断地走来走去、并不时地抬头观察屋子的时候，鲁卡斯尔先生走到门外找到了我，看起来又和以前一样，脸上尽是笑意。

"'啊！'他说，'亲爱的女士，请原谅我没打任何招呼就从你身边走过去了，我并不是有意冒犯，只是当时被一些生意上的事缠得心烦意乱。'

"'我知道你不是有意冒犯我，'我说，'顺便问一句，看起来你家里还有几间空闲的套房啊，我还看到其中一间上了锁。'

"他一脸惊讶地看向我，我觉得，是我说的话让他有些出乎意料。

"'我喜欢摄影，'他说，'所以我留了几间暗室来洗照片。不过，哎呀！原来我们请来了一位观察力这么敏锐的女士啊！谁能想到呢？谁能想到呢？'他似乎只是把这些话当成玩笑话来说，但是他看我的眼神却一点也不像是在开玩笑，里面尽是猜疑和恼怒。

"好吧，福尔摩斯先生，那一刻我明白了，那几间套房里肯定有不为我所知的秘密，我很想去看个清楚。到现在为止，我已经不再是纯粹的好奇了，而是感觉身上肩负着一股责任，我的到来肯定能给这个家带来某些益处。人们都说女人生下来就有直觉，或许正是女人的直觉才让我产生了这样的想法。无论如何，一旦露出有丁点儿的机会，我就一定要设法穿过那扇锁上的门。

"昨天，这个机会终于来了。这几天，鲁卡斯尔先生和他的两个用人，拖勒和他的妻子，三人总在那几间废弃的房子里忙活，我看到拖勒手里提着一个黑色的亚麻布包,走进了那扇门。最近这个老头总是喝得醉醺醺的,昨天晚上更是醉得一塌糊涂。昨天我上楼后,发现那间房门上插着一把钥匙。我马上想到肯定是他忘了拔走,那时鲁卡斯尔先生和夫人都在楼下陪孩子,所以我想这是个绝佳的机会。然后我轻轻地扭动钥匙,推开门,悄悄地溜了进去。

"进去之后看到了一个小通道,墙上没有贴壁纸,地上也没有铺地毯,脚下的路一直向前方延伸,在不远处有个转角。我转过那个弯,面前一排并立着三间房间,第一间和第三间的房门都开着,里面空空如也,到处都是灰尘,死气沉沉的。每间房间各有一扇窗户,上面也积满了厚厚的尘土,连月光都照不进来。中间的那扇门上着锁,还用一根横木卡住了门把手,一头插进了嵌进墙上的铁圈,另一头用结实的铁索拴牢了。门把手也被锁住了,周围没有找到钥匙。这扇上锁的门里面,就是那天我站在空地上看到的那间窗户紧闭的屋子。但是我只能借着微光,看到屋子里面有亮光。这间房间的屋顶上明显开着一扇天窗,可以透太阳光。当我站在走廊里,凝视那扇邪恶之门的时候,突然听到屋子里响起了脚步声,借着从墙上缝隙透出的亮光,我还看到有一个身影在里面来回走动。福尔摩斯先生,当时我心里就莫名升起了一股恐惧感。我过度紧张的神经一下子就崩溃了,我转过身就开始跑——感觉就像是有什么可怕的触手跟在身后想拉扯我的裙子一样。我跑过走廊,穿过门,直接撞到了站在门外等待的鲁卡斯尔先生的怀里。

"'看来,'他笑着说,'是你进了套房啊。我看到门开着的时候,就知道一定是你。'

"'哦!吓死我了!'我喘着气说。

"'亲爱的女士!亲爱的女士啊!'他温柔地拍着我的肩膀,安慰我说,'是什么把你吓成这样了,亲爱的女士?'

"他说话的语气就像是在哄骗小孩子一样,他接着又说了一遍,然后我用尽全身的力气想要挣脱开他。

"'我只是傻傻地走到了偏房那里,'我说,'但是那里的光很暗,我一个人感觉很害怕,这才把我吓坏了,于是我就跑了出来。噢!到现在我还觉得很害怕呢!'

"'只是这样吗?'他死死地盯着我说。

"'为什么这么问?那你还想是怎样呢?'

"'你知道我为什么锁着这扇门吗?'

"'不知道。'

"'是为了把那些想进来的闲人挡在外面,现在你知道了吗?'他说话的时候还保持着那看起来非常和蔼可亲的笑容。

"'如果我以前知道的话,我一定不会……'

"'好吧,那你现在知道了吧。'紧接着他脸上的笑容突然僵硬了起来,变成了一个咧着嘴怪笑的魔鬼,俯视着我吐出这么一句话——'记住,如果以后你再敢踏过那个门槛半步,我就把你扔给那条獒犬。'

"当时我真的吓坏了,忘了之后我做了什么事。好像是我挣开他,冲进了我的卧室。之后我什么都不记得了，醒来的时候自己就在床上缩成一团，全身颤抖个不停。然后我就想起了你，福尔摩斯先生。如果没有人给我些建议，我就再也住不下去了。那间房子，和房子里的男人、女人、用人，甚至孩子，那里的一切都把我吓坏了。我想如果你能来的话，那所有的问题都能解决了。所以我想应该给你发封电报，然后我立马披上外套，戴上帽子就跑到半英里外的邮局去了，发完电报回来的路上就感觉轻松了不少。走近大门的时候，我非常害怕，唯恐那条狗已经被放开，会突然跳出来咬我，不过我记起来还好晚上拖勒已经醉得都没有意识了，家里只有他能靠近那条恶狗，其他人不敢冒险去放它出来。之后我安全地溜了进来，脑子里一直想着要见到你，一直躺在床上睡到了半夜。今天早上我找了个借口，十分顺利地就到温彻斯特了，但是我必须得在下午三点之前回去，因为鲁卡斯尔先生和夫人要出趟远门，今晚是回不来了，所以我必须回家照顾他们的孩子。现在，我已经把所有的经历都告诉你了，如果你能解释这件事是怎么回事，另外告诉我该怎么做的话，我就感激不尽了。"

她非凡的遭遇让我和福尔摩斯都听得入了迷，福尔摩斯站起身来，在房间里来回走了起来，双手插在口袋里，脸上一副极其凝重的表情。

"拖勒还醉着吗？"他问道。

"是的，我听他的妻子告诉鲁卡斯尔夫人，她怎么都叫不醒他。"

"那就好，今晚鲁卡斯尔会出门对吗？"

"是的。"

"他们家有没有一间门上挂着把大锁的地下室?"

"有，有间酒窖。"

"从整件事来看，汉特小姐，我觉得你真的是一个非常勇敢、又非常机智的女人。你能回去再施展一次你的本领吗？你要知道，如果不是考虑到你就是最合适的人选的话，我是不会这样问你的。"

"我可以试试，要我做什么事呢？"

"晚上七点我们俩会一起去铜山毛榉，那个时候鲁卡斯尔已经离开家了，拖勒也应该还在酒劲里没醒过来。这样算起来家里能够干涉我们的，就只有拖勒太太了。如果你能找个差事把她骗到酒窖，然后把她锁在里面，你就帮了我们大忙了。"

"我会按你说的做。"

"太好了！那我们接着就来从头到尾地看看这件事，毫无疑问，对此现在只有一种说得通的解释。你被带到这里的目的，很明显是为了假扮某个人，而那个被顶替的人一定就被关在那间房子里。至于关起来的是谁，我确定就是他们的女儿，爱丽丝·鲁卡斯尔小姐，如果我没记错的话，就是那个在他们口中已经去了美国的人。你被他们选中，很有可能是因为身高、身材、头发的颜色都和爱丽丝相仿。你偶然中发现了她的头发，那很可能是在遭遇了某种疾病后被剪去的，所以你的长发自然也无法幸免了。站在路上的男人是她的一位朋友——或许是她的未婚夫——你穿上那个女孩的衣服后，几乎可以以假乱真了，所以即使没有看清你的脸，仅仅只是听到你的笑声，他就被骗到了。之后你站起来向他挥了挥手，要他离开，鲁卡斯尔夫人为此异常高兴，是因为你的手势表示以后不想再见到他了。那条狗晚上放出来是为了阻拦那个男人溜进家里来找自己的女儿，现在一切都明了了。不过，这件案子里还有一个最关键的人物，那个小男孩。"

"这关那个男孩什么事呢？"我突然插了一句。

"亲爱的华生，作为一名医生，你应该清楚，想知道一个孩子的性格，只需要看看他的父母就行了，那反之亦然。听到那个小男孩的故事之后，我才真正地认清了这对夫妇的真实面目。那个小男孩的性格十分暴虐，我不清楚，他这种性格到底是遗传他那位总是笑容满面的父亲，还是他的母亲，但是这是个不好的兆头，他们手里的那个女孩正身处在水深火热之中。"

"我相信你说的话，福尔摩斯先生，"我们的委托人大声喊道，"听你这么一说，我把所有的事都想明白了，你真是一语中的。噢，我们别再浪费时间了，快去把那个女孩救出来吧！"

"我们一定要小心行事，因为对手非常狡猾，所以必须等到晚上七点再行动。到时候我们会与你会合，要不了多久，就能解开整个谜团了。"

晚上七点，我们准时到了铜山毛榉，然后把马车藏在了路边的一间屋子后面。日落的余晖洒在房子正前方树丛的叶子上闪闪发亮，即使没见到汉特小姐一脸笑容地站在门前等候，我们也能很容易地找到地方。

"你都准备好了吗?"

这时候楼下传来了一阵巨大的声响。

"拖勒的老婆在地窖里,"她说,"她的丈夫还在厨房躺着打呼噜呢。我把他的钥匙拿来了,和鲁卡斯尔先生手里的那串一样。"

"你做得很好!"福尔摩斯高兴地说,"现在带路吧,不久我们就能解开这件谜团了。"

我们上了楼,打开了那扇门,然后穿过走廊,走到了汉特小姐提到的那扇加固的门前。福尔摩斯切断了绳子,把那块木板移开,把手里的钥匙都试了一遍,但是没能把门打开。门里面一点动静都没有,谁都没有说话,福尔摩斯的脸沉了下来。

"我们来得应该还不晚,"他说,"汉特小姐,我们两个要闯进去,你暂时留在这里,华生,咱们两个试一下,看能不能把这扇门给撞开。"

那扇门早就又破又旧,我们两个合力一下就把它给撞开了。不过冲进去之后,才发现已经人去楼空了,屋子里除了一张小破床、一个小桌子和一筐衣服之外,再也没有其他家具了。屋顶的天窗被撬开了,屋里的人不见了踪影。

"有人比我们早到了一步,"福尔摩斯说,"他一定猜出了汉特小姐的意图,提前把爱丽丝带走了。"

"但是他们是怎么出去的啊?"

"屋顶的天窗,我们马上就能看到他是怎么做到的了。"然后他爬上了屋顶。"啊,果然是这样!"他大喊道,"屋檐边上有架长梯子。他用梯子爬上屋顶,然后打开天窗把人带走了。"

"但怎么可能呢,"汉特小姐说,"鲁卡斯尔走的时候,那架梯子还不在那儿啊!"

"他中途又回来了,把梯子搬到了这里。我说过他是个聪明人,而且十分危险。有人上楼了,我听到了脚步声,千万不要慌乱,华生,你最好掏出手枪,把枪栓也拉上。"他嘴里的话还没说完,门后面就出现了一个男人,一身的肥肉,身材魁梧,手里还握着一根粗木棍。

"你们这些恶棍,"他说道,"我的女儿呢?"

这个胖男人上下左右看了一圈,然后发现了敞开的天窗。

"我要好好地问问你们,"他尖声喊道,"你们这些胆大妄为的贼!无耻的间谍!我抓住你们了,你们逃不出我的手心了,我要把你们全都抓起来。"接着他转过身,咔嗒咔嗒地顺着楼梯跑了下去。

"他要把狗放出来了!"汉特小姐喊道。

"别怕,我有手枪。"我说道。

"快去前门!"福尔摩斯大喊道,然后我们一起冲下楼,向外面跑。快到前厅的时候,我们听到了猎狗的叫声,之后有人撕心裂肺地叫了起来,非常恐怖,让人心惊胆战。这时候,一个满脸通红的老男人,摇摇晃晃地从一个侧门走了出来。

"天啊!"他大喊道,"有人把狗放开了,我已经两天都没有喂它吃东西。快去看看!快去看看!不然就太晚了!"

福尔摩斯和我一起冲了出去,拐过屋角,拖勒赶紧跟在我们身后。

院子里有只饿得发狂的畜生，正扑在鲁卡斯尔的身上，鼻子已经快要碰到他的喉咙了。鲁卡斯尔在下面一边使劲地扭动着身子，一边大喊大叫。我跑上前，一枪打爆了它的脑袋，它一下子软了下来，但是两只锋利的獠牙还死死地咬着他脖子。我们费了很大力气才把他们拉开，鲁卡斯尔还活着，但是受了重伤。我们把他抬进了屋子，放在了客厅的沙发上。

我们让已经清醒的拖勒跑去把鲁卡斯尔的妻子叫过来，我设法帮他处理了伤口，止住了血。过了一会儿，客厅的门被推开了，一个个子很高的女人走了进来，一脸憔悴。

"拖勒夫人。"汉特小姐喊道。

"是我，小姐。鲁卡斯尔先生回来之后就把我放出来了，之后才上楼去找你。啊，小姐，很遗憾你没让我知道你的计划，不然我会告诉你，你所做的只不过是在白费力气罢了。"

"哈！"福尔摩斯死死地盯着她说，"看来拖勒夫人比我们知道更多的内情啊。"

"是的，先生，我准备好要把我知道的都说出来了。"

"那好，请坐下吧，大家都来听听，我正好还有几个问题，到现在还没有想通。"

"我马上就清楚明白地告诉你，"她说，"如果我能早一点从地窖里出来，现在应该已经说完了。如果这件事以后要上法庭的话，请你们记住，我会作为朋友站在你们这一边，因为我是爱丽丝小姐的朋友。"

"自从她的父亲又娶了一个女人之后，爱丽丝小姐活得一点儿都不开心。她在家里完全被冷落了，对任何事都没有发言权。但那都是些微不足道的事，后来小姐在朋友的家里认识了富勒先生。我知道，小姐是想嫁给他的，但是她什么都没说，一直在等，把他们之间的终身大事交到了鲁卡斯尔先生的手里。鲁卡斯尔先生知道只要她和自己住在一起，那自己的财产就很安全，如果家里多了一位女婿，那他一定会索要属于自己的那份财产，所以她的父亲就想拆散他们。他想让她签署一份协议，这样无论她是否出嫁，自己都能用属于女儿的那份钱。但是她拒绝签字，这让他担心了很长一段时间，直到后来她患上了脑炎，随后的六个星期里，她一直在死神的门前徘徊。最后她活了下来，但是已经被折磨得不成人样了，一头长发也被剪去了，但是那位年轻男人的心却并没有改变，他像个真正的男人一样对她始终不离不弃。"

"啊，"福尔摩斯说，"您真是个好心的人，现在整件事都清晰了，我也能想到接下来是怎么一回事了。我猜，应该是鲁卡斯尔先生一手设计了这间禁闭室吧？"

"是的，先生。"

"然后把汉特小姐从伦敦带过来，就是为了摆脱不死心的富勒先生，让他断了纠缠下去的念头。"

"就是这样，先生。"

"但是富勒先生像一个优秀的海员一样，十分执着，整日守候在这里，然后成功地见到了你，用自己忠贞不渝的心和坚定不移的誓言打动了你，让你相信他是真的爱上了你家小姐。"

"富勒先生是位说话和善、又很慷慨大方的绅士。"拖勒夫人平静地说。

"然后他恳求你,让你设法使自己的丈夫喝得烂醉,又让你在自己的主人离家之后准备好一把梯子。"

"确实是这样,先生。"

"我想我们都应该向你道歉,拖勒夫人,"福尔摩斯说,"你把一切的谜团都解开了。看,医生和鲁卡斯尔夫人也到了。华生,我们最好亲自护送汉特小姐回曼彻斯特,这是个多事之地,她不适合继续待下去了。"

就这样,门前种着一丛铜山毛榉的那栋房子里的诡异事件,最终圆满地解决了。

鲁卡斯尔先生活了下来,但是身上的伤疤却永远也抹不去了,不过他的妻子却始终不弃不离,仍然一心照顾着他,两人相依为命。家里的两个老用人也留了下来,他们陪他经历了太多的风雨,最后发现这份主仆情谊已经无法割舍。富勒先生拿着特别通行证,带着鲁卡斯尔小姐一起飞到了南安普顿,第二天就在那里举行了婚礼。现在他被任命为英国政府驻毛里求斯岛的总督。至于维奥莱特·汉特小姐,在这件案子结束之后,我的老搭档福尔摩斯对她也没有了进一步了解的兴趣。现在,她在沃尔索尔的一家私立学校当教务主任,我相信以后她能在那里做出一番成功的事业。